Mon cher Mathan, je te propose de faire une rencontre surprenante avec :

Gorne

qui va te conduire dans une chasse derrière :

Les Vorateurs !

Amitié

Christian

19.10.20

GHISLAIN FERNANDEZ

Gorne

Les Vorateurs

Chapitre 1

C'était la fin de l'été, les maillots de bain, les chaussures d'expédition, tout comme les shorts et les claquettes rejoindraient les masques et les tubas dans la grande malle en bois estampillée « vêtements d'été ». Car la famille Paters se préparait dorénavant à affronter les courtes journées hivernales où froid et pluie rimaient avec grisaille et ennui.

Nathan, onze ans depuis peu, le seul brun de la famille, finissait de ranger ses affaires de camping quand Éva, sa jeune sœur de dix ans, entra sans frapper.

— T'as entendu ce qu'ils disent à la télé ? demanda la jeune fille. Pendant que nous étions en vacances, il paraît que des animaux sauvages ont attaqué des gens en ville.

— N'importe quoi ! s'esclaffa le garçon.

— Papa était en train de parler avec notre voisin de quartier tout à l'heure et il lui a dit que c'était vrai.

— Éva, si c'était le cas, alors c'est déjà de l'histoire ancienne. Les autorités auront vite fait de mettre de l'ordre ! coupa Nathan qui avait d'autres idées en tête. Tu veux bien me laisser, j'ai besoin d'être seul pour préparer les affaires d'école. Je n'ai pas envie d'oublier un truc.

— Demain, on est seulement dimanche ! protesta sa sœur.

— Ouais, mais demain je n'aurai pas le temps de les préparer, je passe la journée chez Erwan.

Le visage de la jeune fille se durcit brusquement.

— Ne me regarde pas comme ça, Éva. Tu sais bien que nos jeux ne t'amusent pas.

— J'n'ai rien dit ! se défendit-elle en haussant les épaules. Puisque tu ne veux pas de moi, je retourne dans ma chambre.

— Éva ! l'interpella son frère, pris en tenaille. Si tu veux, demain je rentrerai plus tôt que d'habitude, comme ça, on pourra jouer avant de passer à table.

Sa sœur avait disparu derrière le pan de mur quand sa petite frimousse réapparut à l'horizontale pour lui faire face avec son sourire charmeur.

— Promis ?

— On se fera un six qui prend, si tu veux ! concéda son frère.

— Dans ce cas, je vais aussi préparer mes affaires d'école ! s'enthousiasma-t-elle tout en disparaissant.

La voix de leur mère s'éleva depuis le bas des escaliers.

— Nathan ! l'appela-t-elle de plus en plus exacerbée qu'il ne l'entende pas.

— Oui, Mannn ! s'écria le garçon en posant son sac sur le lit.

— Tu peux aller jeter les poubelles ? Je termine le souper et nous passons à table ! hurla-t-elle pour être sûre qu'il l'entende.

Le garçon marmonna quelque chose dans sa barbe jusqu'au moment où il croisa son père sur le palier.

— Quelque chose ne va pas ?

— Non, Pa, assura le garçon, conscient que ses parents leur avaient offert des vacances de rêve cet été.

Il dévala les marches deux par deux et trouva Guénola dans la cuisine. Il y avait une bonne odeur de saucisse fumée qui planait jusque dans le couloir qu'il rejoignait avec un sac-poubelle à la main.

La nuit était déjà tombée sur la ville. Nathan réalisa à quel point les journées s'étaient raccourcies. Les lampadaires reprenaient du service plus tôt qu'à la belle saison. Comme pour bien marquer la fin des vacances, voilà que la pluie pointait également le bout de sa goutte. Un chat errant miaula devant le pas de sa porte en le voyant sortir.

Comme il ne s'attendait pas à voir de la vie sous la pluie, ce simple petit matou sans importance raviva en lui l'histoire des bêtes sauvages qui attaquaient les gens.

Il n'osait plus avancer. Son imaginaire le poussait à transformer les coins sombres en refuge pour créatures sauvages qui n'attendaient que son passage pour attaquer.

Le félin rejoignit en quelques petits bonds le rebord d'un muret pour l'observer curieusement. L'enfant se sentit obligé de lancer quelques mots dans le vent à qui voudrait l'entendre. Une façon comme une autre de se convaincre qu'il n'était pas seul.

— Monsieur l'agent, j'ai croisé un chat à l'allure pas nette hier soir. Je crois bien que c'est lui qui a effacé les preuves en dévorant la vieille dame qui est portée disparue depuis une semaine. Je le soupçonne même d'avoir avalé son sac à main avec toutes ses affaires dedans. Certain qu'il en est capable !

Il se força à rire quand il vit l'animal se lécher les babines.

À peine rassuré, l'esprit fertile, il se lança néanmoins sous le crachin en s'assurant qu'il n'y avait rien de suspect entre les voitures stationnées. Il descendit les quatre marches du perron quand un vieil homme rachitique, à la barbe blanche, le croisa d'un pas souple et énergique. Nathan le salua et le vieil homme fila en lui renvoyant un bref signe du menton.

C'était idiot, il le savait, mais jouer la carte du plaisantin lui donnait le courage nécessaire pour ne pas abandonner la poubelle sur la chaussée afin de rentrer au plus vite chez lui.

Prenant son courage à deux mains, freinant son envie de courir pour se débarrasser du paquet, Nathan longea un parterre de fleurs, avec le chat sur les talons.

— T'as perdu ton maître ?

L'animal le suivait nonchalamment, comme le font souvent les félins domestiqués.

Le garçon contourna un petit muret en sifflotant, s'engagea dans une impasse lugubre en pente douce, où il trouva une pile d'ordures. Les conteneurs de tri étaient littéralement recouverts d'un immonde monticule de sacs-poubelles jetés pêle-mêle. Il y avait même des appareils ménagers complètement ravagés. Les agents de propreté urbaine n'avaient rien ramassé depuis plus de deux semaines. Craignant les gros rats qui devaient se cacher dans les déchets, Nathan préféra rester à bonne distance pour balancer d'avant en arrière son sac qui allait finir sur le tas. La poubelle s'éleva, rebondit sur les déchets avant de dégringoler pour se coincer contre une vieille machine à laver toute cabossée.

Il allait repartir tranquillement quand il trouva l'attitude du chat un peu trop bizarre. Le félin s'était figé dans le mouvement, la patte avant à peine posée sur le sol, la tête tournée vers les ordures. Ses énormes pupilles noires aux reflets vitreux scrutaient la pénombre, sa queue toute hérissée se dandinait nerveusement.

Nathan suivit son regard en plissant les paupières. Y avait-il un autre matou ? Il fit de son mieux pour adapter sa vue à la faible luminosité quand le chat cracha en miaulant sinistrement.

— Qu'est-ce t'as vu ?

Le petit félin tourna sa tête vers le garçon, puis sursauta comme un ressort en détalant à toute vitesse.

Nathan sentit son sang ne faire qu'un tour. Il faillit partir en courant, mais se força à rester calme. Lundi, il rentrerait au collège, il fallait qu'il fasse preuve de courage. Sa mère ne l'aurait jamais laissé aller dehors si elle pensait qu'il pourrait être en danger.

— Il est complètement fou celui-là ! C'est bien un chat de compagnie pour avoir peur d'une souris.

Nathan prononça souris, mais son imagination lui indiquait plutôt un gros rat, un très gros rat.

Il fit quelques pas en arrière sans quitter des yeux les recoins sombres. Qu'est-ce qui avait bien pu faire peur à cette bestiole ? Lui-même avait les poils hérissés sur les bras. Un sceau cassé, jeté pêle-mêle sur le monticule d'ordure, dévala la pente comme poussé par le vent et, soudain, entre les détritus, Nathan crut apercevoir une main humaine se déplacer au ras du sol. Il y avait peu d'éclairage sur les immondices, mais il était persuadé que cette main n'était, tout compte fait, pas si humaine que ça. D'abord, parce qu'elle était couverte de poils longs et gris comme les pattes des loups-garous qu'il avait vus dans les films d'horreur, ensuite parce qu'elle était pratiquement deux fois plus grosse que celle de son père. Cela s'était déplacé très vite avant de disparaître sous les amas d'ordures, suffisamment pour douter de sa véracité. Mais lorsqu'un nouveau sac plastique tomba de son perchoir et que la patte réapparut pour en tirer un sous les encombrants, Nathan sut que ce n'était pas le fruit de son imagination.

Il recula encore de quelques pas pour se retrouver pile sous l'éclairage d'un lampadaire, non loin de la route passante, déserte à cette heure-ci. Son ombre en mouvement lui arracha un cri de terreur et, lorsqu'il prit les jambes à son cou pour courir vers sa maison, la chose poussa également un son inhumain qui lui donna des ailes.

Dans son élan, alors qu'il remontait sous le perron, il vit des poubelles se faire éjecter dans les airs dans un bruit de déménagement et vit une masse en sortir précipitamment.

À la hâte, Nathan manqua d'arracher la poignée de porte sur son passage et de briser les carreaux qui tremblèrent lorsqu'il claqua brutalement la porte dans son dos.

Ses parents qui se tenaient dans la cuisine se ruèrent vers le hall où se tenait fiévreusement leur fils.

Chapitre 2

Nathan n'avait daigné répondre à son père qu'une fois certain que la porte était fermée à double tour. Il s'en était éloigné, comme si elle était sur le point de voler en éclats. Ses yeux étaient restés rivés sur l'ombre qui se mouvait de l'autre côté. Il n'avait jamais aimé l'idée saugrenue que ses parents avaient eue de mettre une porte en verre. Il se souvenait trop bien de l'histoire sur les trois petits cochons et de leurs maisons fragiles face à un loup capable de souffler comme un ouragan.

— Tout va bien, fiston ? se radoucit le père en voyant que son fils n'était pas dans son état normal.

Le jeune homme n'arrivait pas à quitter des yeux la porte d'entrée. Il y avait un morceau de sac plastique coincé entre le meneau et l'ouvrant, qui se faisait avaler par la porte dans un léger bruit de frottement.

— Nathan ! l'interpella sa mère pour attirer son attention.

Il se risqua à quitter une courte seconde l'entrée des yeux.

— Tu as une mauvaise mine, tu es malade ?

— Je crois avoir vu l'une des bêtes qui ont attaqué les gens en ville. Il y en avait une cachée dans les poubelles. Elle m'a poursuivi pour m'attraper, mais j'ai été plus rapide qu'elle.

— Tu es sûr de ce que tu avances ?

— Certain, Man !

Guénola étudia la réaction de son mari. Sachant que leurs enfants n'avaient jamais menti.

— Stéphane, tu peux regarder ?

— Surtout pas ! hurla le garçon en retenant son père par la manche.

— Mon grand, dans le noir, il ne faut pas grand-chose pour nous faire imaginer des choses horribles et y croire dur comme fer. Ton père va aller voir et ensemble nous mettrons un nom sur l'animal qui est en liberté.

— Non, Pa. S'il te plaît, appelle la police plutôt, c'est leur métier !

— Nath ! J'ai besoin de savoir ce qui se promène dans nos rues. Ce n'est pas forcément la police qu'il faut appeler…

Malgré les protestations répétées du garçon, le père tourna la clef puis ouvrit prudemment la porte sur une rue déserte où la pluie tombait à verse.

— Ferme la porte ! insista son fils complètement terrifié. Ferme-la ! répéta-t-il en tirant son père en arrière pour claquer une seconde fois l'ouvrant avec une telle violence que l'imposte vitrée au-dessus de la porte et la partie fixe latérale auraient explosé si ce n'avait pas été du verre trempé de bonne qualité.

— Ça ne va pas bien ! se fâcha Guénola. Tu vas finir par casser un carreau.

— Quelle idée aussi de mettre une porte en toc ! tempêta l'enfant avant de se reprendre en comprenant qu'il était allé trop loin.

— Bon, écoute ! Je veux bien croire que tu t'es fait peur dehors, mais cela n'excuse pas ta façon de parler à ta mère !

— Pardon, Pa, pardon, Man ! Mais je vous jure que j'ai vu un truc dehors. Et cela n'a rien à voir avec un animal domestique, croyez-moi !

— La seule chose que j'ai vue dehors, c'est un vieux sac plastique, Nath !

Le gamin laissa échapper des larmes d'impuissance. Regardant tour à tour son père furieux et sa mère qui lui affichait finalement un visage réconfortant.

— Bon, écoute ! D'abord, il faut que tu saches que nous sommes en sécurité ici. Avec ton père, on va demander aux policiers de venir faire un tour. S'il y a quelque chose d'inhabituel, ils le trouveront et régleront le problème.

Éva était assise sur la deuxième marche de l'escalier, le menton posé dans le creux de ses mains, les coudes sur les genoux. Lorsque plus personne ne parla, elle intervint d'une voix calme.

— Nathan ne voulait pas me croire quand je lui ai dit que des bêtes avaient attaqué des gens pendant qu'on était en vacances !

— C'est toi qui lui mets des idées de monstre dans la tête ?

— J'n'ai jamais dit que c'était des monstres ! se défendit la jeune fille. Pourquoi ? Ce sont des mooooonstres ?

— Hop, hop, hop ! On arrête avec ces bêtises ! coupa Guénola. Ce sont sûrement des chiens errants qui tentent de trouver quelque chose à manger. Je suis certaine que les gens qui disent s'être fait attaquer ou mordre par ces pauvres bêtes ont sûrement tenté de les approcher. C'est souvent comme ça que ça se passe.

— Guénola, nous ne sommes pas dans l'une de tes affaires d'avocat ! reprit le père avant de trouver les gros yeux de sa femme qui tentait de rassurer ses enfants.

— Ouiiiii, bien sûr... je me souviens maintenant. À coup sûr, c'est encore un de ces bergers allemands qui fait des siennes.

— Et si on passait à table ? demanda la maman pour couper court. Je sers les enfants pendant que tu appelles la police. Je suis certaine qu'il s'agit d'un chien errant, mais cela rassurera tout le monde de le savoir dans un refuge plutôt que dans la rue.

Stéphane soupira profondément, puis déclara d'une voix ennuyée :

— Je leur dis quoi au juste ?

— Que notre fils a vu un animal errant rôder dans le quartier.

Guénola lui lança un regard furieux qui l'incita à se munir de son téléphone portable.

— C'est bien le 112 pour avoir le service d'urgence ?

Nathan opina du chef en suivant ses gestes.

Le père se tourna comme s'il réfléchissait à ce qu'il allait dire pour couper la communication avant de déranger inutilement le service d'urgence qui devait recevoir son lot de faux appels.

— Allô, la police ? Il marqua un temps d'arrêt pour donner l'impression d'écouter une personne. Bonsoir… Oui, je vous appelle car mon fils dit avoir vu une bête errante dans notre quartier !… Il a eu très peur, aussi vous serait-il possible de venir faire un tour pour nous assurer que l'animal est bien parti… ? Ah ! C'est gentil à vous. Bonne soirée, et désolé pour le dérangement.

Il fit mine de raccrocher lorsqu'il croisa le regard d'Éva qui semblait suspicieuse.

Après avoir rempli la dernière assiette, Guénola souhaita un bon appétit à toute la famille.

Dans le cliquetis des cuillères à soupe, le silence s'invita, chacun étant absorbé par ses propres pensées.

— Comment qu'ils font pour savoir où on habite ? lança Éva qui n'y tenait plus.

— Hein ? grimaça le père en enfournant une cuillerée à soupe dans la bouche.

— La police, comment qu'elle fait pour venir ici ? Tu n'as pas donné notre adresse ! souleva-t-elle.

Nathan ne semblait pas surpris par la question. Il se contenta d'observer son père.

— Les policiers tracent nos appels, Éva. C'est comme ça que ça se passe maintenant ! expliqua Stéphane en croisant fiévreusement le regard de sa femme qui souriait malgré elle.

— Même avec les portables ?

— Papa n'a pas appelé, Éva. Il ne me croit pas ! lança tristement son frère en plongeant son nez dans son assiette.

— Bien sûr que si, Nathan, nous te croyons, mais appeler la police à cette heure… Ils reçoivent beaucoup de faux appels, tu sais, et des gens meurent à cause des petits malins qui encombrent les lignes téléphoniques.

Nathan n'était plus vraiment sûr de ce qu'il avait vu de toute façon. Alors, il ne releva pas. Préférant changer de sujet pour ne pas faire de cauchemars pendant la nuit.

Chapitre 3

Après ses troublantes aventures, Nathan était parvenu à s'endormir en pensant fortement à son amie Chloé, qu'il avait perdu de vue depuis qu'elle était entrée au collège. Sa nuit fut à peine dérangée par un rêve bizarre qu'il était incapable de raconter à son réveil.

Éva, sa jeune sœur, comme à son habitude, était entrée dans sa chambre en fanfare et s'était réfugiée sur le lit de son frère pour lui poser un tas de questions sans queue ni tête, et surtout sans attendre de réponse. Elle faisait cela pour le taquiner. Mais Nathan ne marchait plus dans son jeu. Il se contentait de la regarder silencieusement en attendant qu'elle se lasse.

Au bout de quelques minutes, la jeune fille se tut pour le dévisager.

— Tu as vraiment vu un truc hier soir ?

— J'en sais rien, Éva. Le chat s'est enfui et j'ai cru voir une patte griffue qui attrapait un sac en plastique. Puis, les poubelles ont été éjectées dans les airs.

— Tu crois que ce monstre se nourrit de plastique ?

Nathan lui fit les gros yeux pour éviter de répondre à ses questions stupides.

— D'accord, j'arrête ! annonça-t-elle toute guillerette.

Elle sauta du lit et sortit en trombe de la chambre.

Nathan attendit une ou deux minutes pour être certain qu'elle ne reviendrait pas comme une furie avant d'entreprendre de s'habiller.

Dans la cuisine, il trouva son père qui lisait un journal avec ses lunettes sur le bout du nez. Éva l'avait précédé de quelques minutes raflant du même coup les premières tranches de pain perdu, qui embaumaient toute la maison. Guénola l'accueillit avec la douceur que seule une mère est capable d'offrir. Nathan s'installa sur une chaise bancale et sa mère lui déposa un bol rempli de chocolat chaud. Elle plaça également une petite assiette remplie de pain perdu recouvert de sucre glace, cherchant son regard fuyant pour sonder son cœur au petit matin.

— Les derniers plaisirs avant la rentrée ! lui lança son fils avant de la remercier.

— Ça va me manquer ! admit la mère.

— Je ne vous en veux pas ! lança Nathan du tac au tac. Je crois qu'à votre place j'aurais fait pareil.

Stéphane leva le nez sans rien dire.

— Nath, il y a tellement de choses qui peuvent t'avoir effrayé dans le noir… c'est difficile, sans preuves, de déranger les services de police, avoua la mère.

— Je sais ! dit simplement le garçon avant d'engloutir la première tranche de pain perdu. Et de toute façon, ce n'est pas la police qu'il faut contacter mais la mairie ou la fourrière. Dans notre cas, il aurait fallu appeler l'Office national de la chasse et de la faune sauvage.

— Ben dis donc ! commença Guénola. Tu veux…

— Je préférerais passer à autre chose, maman, si cela ne te dérange pas.

— Tu passes la journée chez Erwan ? demanda le père.

— Oui et je rentrerai avant le repas pour jouer avec Éva, je lui ai promis.

La jeune fille lui sourit, la bouche pleine.

— C'est gentil ! concéda la mère. Si tu veux, je peux te conduire chez ton ami après ton petit-déjeuner.

— Non, Man, ça ira ! assura le garçon… Vraiment ! insista-t-il en croisant le regard inquiet de Guénola.

— Comme tu veux, mon grand !

— J'ai bien l'intention de fouiller les poubelles tout à l'heure ! annonça son père. S'il y a un truc qui puisse étayer tes dires, j'appelle immédiatement la police. Pardon… l'Office national de la chasse et de la sauvagerie.

— De la faune sauvage ! rectifia le garçon. Oui, hier soir, j'ai failli le faire avec mon portable, du coup, j'ai regardé sur Internet.

En voyant l'admiration qui se dessinait sur le visage de son père, Nathan apprécia cet échange. Oh, bien sûr, il était frustré de ne pas avoir pu collecter des preuves et de passer à l'occasion pour un gentil fou, mais il comprenait très bien la réaction de ses parents.

L'estomac plein, les dents lavées, vêtu d'un pantalon en jeans et d'une veste demi-saison marron, il sortit avec la boule au ventre. D'abord, sur la plus haute marche, pour inspecter scrupuleusement le quartier qui prenait lentement vie. Il faisait jour. Des gens arpentaient les trottoirs et le ciel avait retrouvé son perpétuel ballet cotonneux sur fond bleu.

Il respira un bon coup et s'engagea dans la rue adjacente qu'il avait empruntée avec son père quelques jours plutôt afin de repérer le chemin à suivre pour rallier le collège. Chemin qu'il ferait le lendemain.

Il passa devant un bar qui sentait bon le café et les croissants chauds. Il était encore tôt mais déjà les badauds emplissaient les chaises en terrasse. Il fallait dire que le dimanche matin tous les magasins ou presque ouvraient encore leurs portes jusqu'à la fin septembre.

Le cœur plus léger, Nathan remonta l'avenue Florentin en longeant les boutiques qui s'illuminaient petit à petit. Un rideau de fer s'anima dans un tintamarre des plus dérangeants. Nathan attendit que le feu piéton passe au vert pour traverser la rue comme le lui avait montré mille fois son père.

Ses yeux vagabondèrent d'une échoppe à un bazar tandis que ses pensées appartenaient encore une fois à Chloé. En passant devant une bouche d'égout, il crut voir quelque chose en mouvement qui disparut à la seconde même où il posa ses yeux dessus. Il fronça les sourcils tout en revenant au doux visage de Chloé.

Son amie lui manquait plus qu'il ne l'admettrait jamais. Il se demandait ce qu'elle était devenue. Comment s'habillait-elle ? Quelle coupe de cheveux avait-elle maintenant ? Était-elle toujours rousse ? Il avait croisé tant de jeunes filles avec des couleurs de cheveux parfois à la limite du ridicule.

Deux rues plus loin, il sursauta en croyant voir surgir une main griffue de la bouche d'égout. Cela s'était passé très vite, mais il eut l'impression que c'était la même chose que la nuit dernière. Sauf que maintenant, ça cherchait à l'attraper. Comme il avait poussé un petit cri de surprise, le serveur qui finissait de dresser les tables le dévisagea sans rien dire.

— Ça ne va pas recommencer ! grommela-t-il en s'arrêtant au plus près de la bouche d'égout pour inspecter l'intérieur.

On était en plein jour et vu la taille du trou, ce qui pouvait s'y dissimuler n'était pas plus gros qu'un chat. Dans le cas contraire, jamais cela ne pourrait sortir pour l'attaquer. Convaincu par cette analyse, Nathan décida d'approcher en se mettant sur la route.

À sa grande surprise, il aperçut deux petites billes rouges se détacher de l'obscurité.

Avant d'alerter les adultes, il devait s'assurer que ce qu'il voyait n'était pas sorti tout droit de son imagination ou le reflet d'objets tombés dans le trou. Il fit quelques pas supplémentaires et avança son visage au-dessus de l'orifice. Était-ce vraiment un objet perdu qui brillait ? Il faillit s'en convaincre quand les petites lumières rouges se déplacèrent en se colorant de noir pour s'évaporer.

Nathan avait la bouche grande ouverte quand un adulte le somma de se mettre sur le trottoir.

Le garçon s'exécuta promptement en se confondant en excuses. Il était à deux doigts d'en parler au couple qui passait juste devant lui. Oui, mais pour leur dire quoi ? Cela avait disparu.

— Tu as perdu quelque chose, Jeune homme ? demanda une dame âgée.

— Non, Madame, mais je crois qu'il y a un animal dans les égouts.

— Un chat ? questionna la septuagénaire.

— Ch'sais pas, avoua le garçon en avançant, puis en reculant son pied de devant la bouche d'égout pour attirer l'animal.

— Ne t'en fais pas pour lui, les chats sont débrouillards. Il trouvera bien le moyen de sortir tout seul de là.

Sur ces mots, la brave dame s'en retourna en ajustant son petit sac à main sur son avant-bras plié.

Voyant qu'il ne se passait plus rien, Nathan reprit son chemin en tournant et retournant dans sa tête ces étranges apparitions qui avaient fini par chasser le doux visage de Chloé. Quant à la vieille dame, elle entra dans le café d'en face juste au moment où un grognement sourd remonta des entrailles de la ville.

Nathan traversa deux rues de plus et longea une place fleurie, déserte à cette heure, jusqu'à trouver les murs hostiles et le portail démesuré du collège. Le lendemain, il ferait sa rentrée et retrouverait son amie qui devait avoir tant changé. Sur cette pensée, Nathan bifurqua sur la droite, remonta la venelle sur une centaine de mètres avant de tourner à gauche dans un quartier principalement constitué de petits immeubles de trois ou quatre étages. Timéo le précédait tout juste, attendant qu'on lui ouvre la porte de l'immeuble.

— Salut, Tim !

— Bonjour, Nath !

La lourde porte s'ouvrit sur un couloir sombre à l'odeur de cirage. Une ampoule d'un autre temps clignotait dans la cage d'escalier.

— Le premier en haut... !

Timéo ne lui laissa pas le temps de finir sa phrase que déjà il s'élançait dans les escaliers en riant bruyamment.

Les deux garçons arrivèrent devant la porte 7 complètement exténués. Celle-ci était grande ouverte. Erwan, leur ami, les attendait en souriant gaiement.

— Salut, les gars !

— Où sont tes parents ?

— On a la maison pour nous tous seuls toute la journée ! annonça Erwan. Ma mère nous a préparé des crêpes et mon père a acheté de la pâte à tartiner et de la crème de marrons…

— Y a des filles ? demanda Timéo.

Ses deux amis se frappèrent en même temps le front.

— Ça promet au collège, mon pote ! lança Erwan en leur proposant d'entrer.

Chapitre 4

Les trois garçons s'étaient installés dans la chambre d'Erwan pour jouer sous une épaisse couverture qui servait de toiture et de murs par la même occasion. Devant l'entrée de la grotte en tissu, ils avaient disposé le plateau de crêpes bien entamées et les pots de confiture ouverts dans lesquels une grosse cuillère à soupe était plantée, prête à servir de nouveau.

Erwan et Timéo se défiaient à un jeu de stratégie qui touchait à son terme. Nathan, qui avait été vaincu, avalait goulûment son morceau de crêpe surmonté de crème de marrons.

— Si ma mère me voyait ! ricana le garçon. J'ai eu du pain perdu au petit-dèj' et j'arrive encore à m'enfiler trois crêpes.

— T'es un estomac sur pattes, c'est pour ça ! le charria Timéo. Fais gaffe de pas prendre du bide, sinon au revoir Chloé.

— On avait dit pas de coups bas, les gars ! se fâcha Nathan.

Erwan lança les dés et déclara tout excité :

— Double six ! Et bim ! Je suis le *best*…

— De toute façon, c'était plus aussi marrant après avoir exterminé Nathan ! rétorqua Timéo.

— On fait quoi maintenant ? s'excita Erwan en montrant du doigt d'autres jeux de plateau empilés au sol.

— *Mysterium* ?

— Et si on allait visiter les égouts ? suggéra Nathan.

— Ouais... Euh ? Tu as bien dit les égouts ? s'exclama Erwan un peu surpris.

— Ben ouais, vous avez jamais été curieux de savoir comment c'est là-dessous ?

— Euh... non ! lança Timéo.

— Pas vraiment ! admit Erwan à son tour.

— Bon ! les gars, si je vous raconte ce qui m'est arrivé hier soir, vous promettez de pas me balancer des blagues à deux balles pour le restant de l'année.

— Pan, pan ! appuya Timéo, mort de rire.

Nathan fit la grimace.

— Blague à deux balles... pan, pan ! se sentit-il obligé de reformuler.

— Avoue qu'elle est pas mal ! admit Erwan.

— C'est précisément de ce genre de blagues que je parle.

— D'accord, j'arrête. Mais quel rapport avec les égouts ?

Nathan prit le temps de tout leur expliquer dans les moindres détails et même d'en rajouter un peu pour donner le frisson aux garçons. Il commença par le chat qui lui avait flanqué la frousse en décampant à toute vitesse, puis, voyant les visages captivés de ses amis, glissa que dans sa propre fuite un truc hyper moche l'avait poursuivi en grognant férocement. Il en vint à sa matinée. Précisant que la chose avait fait plusieurs apparitions par les bouches d'égout pour tenter de lui attraper les pieds. Cette fois, Erwan et Timéo l'écoutaient à cent pour cent. Alors, il ajouta qu'il avait eu beaucoup de chance d'être rapide, car la chose lui avait agrippé le mollet et que, sans ses réflexes de dingue, il aurait été probablement dévoré vivant par l'immense monstre tout vert.

— Tu lui as fait quoi quand il a voulu t'attraper ?

— Je n'ai pas eu le temps de réfléchir, à vrai dire. La seule chose qui m'est venue à l'esprit, c'est de lui donner un méchant coup de pied dans sa face.

Ses amis étaient à la fois sensibles à ses récits au point de vouloir y croire et impatients qu'il avoue que ce n'était qu'une blague. Mais Nathan acheva son histoire par : « Vous êtes partants ? ».

— Tu déconnes ?

— Non ! c'est vrai ! affirma l'intéressé.

— Tu disais que c'était un animal puis pour finir un monstre ! releva Erwan.

— Il faisait noir, désolé, si je n'ai pas pris le temps de regarder de plus près ! s'offusqua-t-il en sentant qu'il avait un peu trop exagéré.

— Alors comment t'as pu voir qu'il était vert ?

— Allez les gars... !

— Faut voir ! déclara Timéo.

— Vous êtes sérieux tous les deux ? Si tout ce que tu racontes est vrai, alors nous devons le signaler à la police et ne pas nous mettre dans le pétrin en fouillant les égouts.

— On est des enfants, les gars ! précisa Nathan. Qui voudra bien nous croire ? Mes parents ne m'ont pas cru. Il nous faut juste des preuves avant d'appeler l'Office national de la chasse et de la faune sauvage.

— Hein ! ?

— Ouais, c'est ce service qui gère ces trucs !

— Et comment tu comptes t'y prendre pour avoir des preuves ? Je ne sais même pas de quelle façon on entre dans les égouts !

— Pour les preuves, il faut juste une photo ou deux avec mon portable. Pour l'entrée, je crois savoir où aller.

— Dans les égouts, il fait noir les mecs !

— T'as peur du noir ?

— Autant que toi, bêta ! affirma Erwan. Mais c'est surtout qu'avec un téléphone, si tu n'es pas juste devant, tu ne verras rien. Les objectifs sont trop petits pour capter la lumière dans la pénombre et nous ne verrons que du noir.

— La vache ! j'n'aurais jamais pensé à ça ! avoua Timéo.

— Ma mère est folle des séries policières ! admit Erwan qui frimait un peu.

— J'ai un très bon flash sur mon téléphone ! annonça Nathan.

— Comme tous les appareils photo, les flashs ne sont efficaces qu'à moins d'un mètre, à peine plus pour certains modèles. Et de toute façon, si tu ne veux pas te faire découper en rondelles par ce monstre, tu n'as pas intérêt à lui montrer que nous sommes là en prenant une photo.

— Nous ? Tu viens alors ?

— Je n'ai pas dit ça ! réfuta Erwan qui hésitait à partir à l'aventure en sachant que c'était peut-être dangereux, si son ami ne blaguait pas.

Timéo et Nathan le regardèrent avec tant d'insistance qu'il capitula.

— Vous êtes chiants, les gars ! J'avais préparé pleins de jeux et ma mère a fait toutes ces crêpes quand même.

— On reviendra après, je ne compte pas passer la journée dans les égouts, juste dénicher ce monstre pour le prendre en photo.

— Si mes parents apprennent ça, je suis bon pour rester dans ma chambre jusqu'à mes dix-huit ans.

— Mais si Nathan a raison, on aura aidé la police à stopper les attaques de bêtes sauvages en ville.

— L'Office national de la chasse et de la faune sauvage ! corrigea à nouveau Nathan.

— Oh ! tu me saoules avec ta faune sauvage ! répliqua Timéo.

Bon gré malgré lui, Erwan prépara un sac qu'il remplit à la hâte : une lampe torche puissante, un appareil photo capable de prendre des clichés avec zéro luxe de luminosité, deux couteaux de cuisine pour se défendre et des brioches.

— Tu comptes faire un pique-nique dans les égouts ? s'exclama Timéo.

— La bouffe, ça peut toujours servir ! contra le jeune homme en haussant les épaules.

Chapitre 5

Nathan en tête, le trio parcourut un peu plus de deux kilomètres avant de s'arrêter devant une énième bouche d'égout. Les discutions allaient bon train et, rapidement, ils se mirent à imaginer qu'ils rencontreraient des crocodiles, des araignées géantes ou encore des monstres sanguinaires mangeurs d'hommes.

Ils avaient fini par se prendre tellement au jeu de Nathan qu'aucun n'envisageait à présent de pénétrer dans les égouts pour prendre une photo.

— Je te préviens, tu ne me fais pas passer par cette bouche d'égout ! lança Timéo qui était le plus grand et le plus costaud de la bande.

— Je vous ai dit qu'il y a une entrée à taille humaine pour les égoutiers de la ville.

— Et tu crois qu'ils ont laissé la porte ouverte avec un petit mot collé dessus : « Merci de fermer la porte derrière vous, ici vivent des monstres qui pourraient faire peur aux habitants. ».

Nathan lui fit une grimace en jetant un œil par le passage étroit.

— C'est étrange… tout à l'heure la créature me pourchassait. J'en suis sûr !

— Elle était peut-être simplement de passage et s'est barrée chez elle.

— Je suis certain que non !

— Elle est peut-être partie manger un hamburger à la sauce cire d'oreille.

— Comment tu peux inventer des bêtises pareilles ! s'énerva Erwan en faisant une grimace de dégoût.

— Bon, écoute, ça fait une demi-heure qu'on cherche et ton machin ne tient pas à être pris en photo. Alors on retourne chez Erwan et on se fait un Crusoir.

— Encore ce jeu ! protesta Erwan. Tu gagnes toujours et les cartes sont usées à mort. Je préfère encore continuer à inspecter les bouches d'égout avec Nathan.

— Écoutez, les gars, je suis désolé de vous faire perdre votre temps. Si vous voulez, vous pouvez m'attendre chez toi, Erwan. Je trouve ce truc qui me rend dingue et je vous rejoins.

— Mais tu peux passer ta journée, voire des années à suivre les entrées des eaux pluviales avant de voir le moindre indice.

— Tu as raison… Je crois que je vais devoir entrer pour de bon alors !

— C'n'est pas ce que j'ai dit !

— Ouais, mais c'est la seule solution pour en avoir le cœur net !

— Arrête tes bêtises, Nathan. Ce n'est vraiment pas une bonne idée. Je ne te suis pas dans les coups foireux. On s'est promis de ne jamais s'attirer des ennuis.

— Mais je ne suis pas plus enchanté que toi de le faire, j'ai cru pouvoir le prendre en photo de l'extérieur, mais pour une raison que j'ignore il ne se montre plus. Si ça se trouve, c'est parce que nous sommes plusieurs. Seul, j'aurais peut-être plus de chance.

Ils rebroussèrent chemin sur un bon kilomètre avant que Nathan n'emprunte une toute petite rue piétonne.

— Tu vas où ?

— L'un des passages des égoutiers se trouve par là.

— Comment tu sais tout ça, toi ?

— Un ami de mon père en parlait une fois et j'avoue que j'ai toujours voulu savoir comment c'était dessous…

— Avec mes parents, nous avons visité les égouts de Paris une fois. C'était gigantesque, il y a plein de ruisseaux et de chemins. Parfois, ça pue grave et, à certains endroits, c'est stupéfiant tellement c'est haut. Il y a carrément des cathédrales qui servent de réservoir.

— Ouais, bon… des égouts plus grands pour une ville plus grande !

— Je t'arrête tout de suite, Paris, c'est un modèle d'architecture unique.

— Waouh ! rien que ça, un modèle d'architecture ! reprit Timéo.

— Moquez-vous ! Moquez-vous ! les provoqua Erwan.

— Bon, Ok. Mais avoue que chez nous les égouts ne sont rien d'autre que des tunnels remplis de merde et rien de plus.

— On pourrait être surpris ! énonça Nathan.

Ils marchèrent encore quelques mètres avant d'arriver sous une large terrasse chapeautée par une boutique de vêtements de mode. Elle était juchée à trois mètres au-dessus de leurs têtes sur la rue principale. Il y avait des escaliers qui plongeaient sous l'édifice en béton. Nathan passa sous une chaîne avec une pancarte où il était marqué : « Interdit d'entrer. ».

— On n'y va pas, Nathan ! ordonna Erwan.

— Je ne compte pas aller bien loin, juste regarder par ce trou.

— Ouais, c'est ça !

Il descendit trois marches de plus pour trouver une large bouche d'égout de trente centimètres carrés.

— Je vous préviens, je retourne chez moi, les gars. Je ne le sens vraiment pas votre délire !

— Allez-y, je vous rejoins dans une minute. Il faut juste que je surprenne une de ses pattes griffues et c'est tout. Seul, j'aurai peut-être plus de chance d'y arriver.

— Tu n'entres pas !! s'énerva son ami.

— Non ! assura Nathan. Je veux juste prendre une photo.

— Alors, on t'attend !

— Non, sérieux, je crois que vous lui faites peur !

Timéo pouffa de rire.

— Maintenant, c'est nous qui lui faisons peur ?

Erwan allait renchérir quand il fut interrompu par un grognement sourd qui s'échappait par le trou qu'inspectait Nathan. Le garçon se jeta sur les fesses de surprise et les deux autres se figèrent comme des statues.

— Faut foutre le camp ! annonça Erwan.

— Faut aller voir ! contra Timéo, subitement plus intéressé par la situation.

— Vous êtes deux grands malades, vous deux ! contesta Erwan. Un truc pareil, il faut le dire aux flics.

— Vas-y ! lança Nathan. Ils ne t'écouteront pas tant que nous n'apporterons pas un truc sérieux.

— Alors, on laisse tomber. Nous ne sommes pas des héros avec pleins de pouvoirs, je vous rappelle !

— Je suis un peu d'accord avec toi, Erwan, mais tu n'as pas envie de vivre une aventure de dingue ?

— Non, je veux juste vivre longtemps ! s'opposa son ami.

Les grognements reprirent de plus belle comme un avertissement à ce qui allait suivre. Erwan le décoda ainsi et, tout en interpellant ses amis, recula de quelques pas en haussant la voix pour se faire entendre.

— Je me casse, les mecs ! affirma le garçon.

Timéo restait extatique devant la chaîne en plastique. Comme si cette simple barrière pouvait le protéger de la chose qui se faisait entendre des profondeurs des égouts.

Nathan, quant à lui, n'était plus tout à fait sûr de vouloir entrer. Sa peur de la veille au soir remontait en lui comme une vague submerge la berge.

Les tags sur les façades prenaient des aspects inquiétants.

— Je crois qu'Erwan a raison, ce n'est vraiment pas prudent !

Mais Timéo l'avait déjà rejoint de l'autre côté de la chaîne qui marquait la zone de propriété privée. Il passa devant son ami pour éprouver la porte d'entrée. La poignée se baissa sans efforts dans un grincement métallique et, lorsqu'il la tira vers lui, celle-ci suivit le mouvement sans opposer le moindre effort. Il n'y avait ni serrures ni cadenas.

— T'es sûr que ça va vers les égouts ?

— Ben ouais !

— Je m'attendais à ce que ce soit fermé à double tours. C'est dangereux quand même !

Timéo tira un peu plus la porte qui se bloqua tout de même à cause d'un obstacle planté dans la terre. Les deux garçons eurent le même réflexe : regarder ce qui entravait le dormant. C'était un objet métallique avec un anneau tordu.

— Le voilà ton cadenas ! déclara Nathan en le ramassant.

— Il a été forcé ?

— Probablement des sans-abri !

— Tout compte fait, j'n'aime pas trop l'idée de croiser des gens là-dedans !

— T'es sérieux ? Tu veux bien affronter un monstre, mais pas de pauvres gens sans argent ! releva Nathan en faisant de grands yeux surpris.

— Ce n'est pas la même chose. Le monstre est probablement dans notre imagination, mais les sans-abri…

Il suspendit la fin de sa phrase pour analyser les risques quand il manqua de se mordre la langue au moment où une main se posa sur son épaule.

Les deux garçons se pétrifièrent sur place en criant de peur.

— Ah, la vache ! vous m'avez flanqué la pétoche ! s'écria Erwan qui n'avait pas pu se résoudre à les abandonner à leur stupidité.

— C'est toi qui dis ça ? s'étrangla Timéo qui tentait de reprendre son calme.

Erwan se mit à rire à gorge déployée.

— Vous voyez que c'n'est pas franchement une bonne idée de rentrer là-dedans ! ajouta-t-il en reprenant son sérieux. Qu'est-ce qui se passera si vous tombez sur de réels problèmes ?

Ses amis se regardèrent en avouant qu'il n'avait pas tort.

— On n'est pas dans un vieux film d'horreur où des enfants sans cervelles se jettent dans un piège. On vaut bien mieux que ça, les gars !

— Je suis d'accord avec toi, Erwan, mais combien de blessés ou de vie peuvent être épargnées si on offre une ou deux pistes à la police ? Je n'aimerais pas que ma sœur Éva se fasse attaquer par une bête parce que j'ai eu peur d'agir.

— C'est pour ça que je suis revenu… On a pensé trouver des preuves grâce à une photo. Mais on peut tout simplement enregistrer les grognements du monstre depuis ce trou. Inutile d'entrer pour ça. Je suis sûr que ce sera suffisant pour que la police intervienne.

— Pas bête ! avoua Nathan.

Chapitre 6

Les trois garçons avaient pris soin de repousser la porte et de la bloquer avec un caillou pour ne pas se retrouver face à face avec la chose qui circulait dans les égouts. Nathan espérait que ce qui se cachait là-dedans ne serait pas capable de sortir par un autre passage qu'ils n'avaient pas identifié. Timéo avait sorti son téléphone pour utiliser le dictaphone intégré. La bestiole ne réagissait plus, comme si, depuis qu'il avait mis en marche l'enregistreur, elle savait ce que les enfants s'apprêtaient à faire. Au-dessus d'eux, ils entendirent des passants parler entre eux en pénétrant dans la boutique de vêtements, puis ils affrontèrent un silence si lourd, si oppressant, qu'ils eurent l'impression de s'étouffer. Ils étaient pratiquement en apnée, histoire de ne pas manquer le moindre son suspect. Leur imagination tournait à plein régime. Mais ce qui arriva, aucun ne l'avait envisagé. Impossible, trop inattendu à deviner.

Leur patience allait être récompensée, mais à quel prix ?

Les grognements reprirent d'une manière très étrange. C'était presque inaudible, insuffisant pour que le téléphone capte les sons. Par contre, Nathan était certain qu'ils leur étaient destinés. Mais pour leur dire quoi ?

Le silence qui s'ensuivit fut de courte durée. Un GRRRR, incroyablement proche leur fit dresser les poils du dos.

Erwan appuya aussitôt son pied contre le bas de porte au cas où la chose voudrait sortir.

— Ça ne sent pas bon, les gars ! avertit le garçon, terrifié.

Un nouveau « Grrr »confirma le ressenti général.

— Tu crois qu'on peut partir sans qu'ils risquent de sortir ?

— Euh... les gars !

La voix de Nathan était tremblante.

— On se barre ! insista Erwan qui tenait la porte fermée.

« Grrr »

— Ne faites pas de mouvement brusque ! conseilla Nathan en attendant que ses amis se tournent vers lui.

— Qu'est-ce t'as ?

— On a un léger problème.

« Grrr »

Timéo se retourna.

— Oh ! bon sang ! hurla le garçon en se plaquant contre le mur complètement terrifié.

Erwan sursauta également en faisant face aux créatures venues tout droit des Enfers et qui les prenaient à revers. Trois molosses, d'une race inconnue, s'étaient postés au milieu de la ruelle. Les premiers mots qui leur vinrent à l'esprit en les voyant étaient : monstrueux, sauvages, dangereux, énormes... Des bêtes taillées pour le combat, pour la traque. Leurs immondes gueules meurtrières en s'entrouvrant pour grogner laissèrent couler des filets de bave répugnants. Ils étaient couverts d'un long pelage noir comme celui des ours. Leurs trois yeux scrutateurs les fixaient cruellement. Les ronflements provenant de leurs naseaux étaient profonds, graves et terriblement angoissants.

Ce qui titilla Nathan, c'est que cette fois ils osaient se montrer en plein jour. Impossible de dissimuler un quelconque artifice ou maquillage. C'étaient bel et bien des monstres poilus et musclés sur le point de les dévorer. Zéro trucage et pratiquement aucune chance de leur échapper ou de les amadouer. Ils étaient au même nombre que les garçons. Trois abominations qui commençaient à avancer vers eux en claquant leurs mâchoires. S'ils voulaient réchapper à ses bêtes, ils devraient agir en groupe, se coordonner. Mais pour faire quoi ? Ils auraient été armés, cela n'aurait rien changé. Nathan, Erwan et Timéo n'étaient pas des guerriers, tout juste des passionnés de jeux de rôle. Ils ne viendraient pas à bout de ces démons en lançant des dés à multiples facettes ou en les chassant avec des cailloux.

Nathan se décida à agir en surprenant tout le monde. Il commença par bousculer Erwan pour shooter dans la pierre qui calait la porte en hurlant de courir. Du coin de l'œil, il vit les féroces créatures fondre sur eux. Erwan fut prompt à réagir. Il s'engouffra dans la pénombre et tira Timéo par le col avant de claquer la porte dans son dos. La seconde suivante, ils entendirent les bêtes s'abattre de l'autre côté de la cloison en fer tout en couinant et grognant. Par chance, les animaux n'étaient pas munis de main pour tirer la porte vers eux. Les garçons comprirent soudain que rien n'empêchait la porte de se rouvrir.

Nathan agrippa la poignée, Timéo une sorte d'anneau carré, et ensemble, ils bloquèrent l'accès.

Ils étaient provisoirement à l'abri de la menace. Provisoirement était le mot juste pour désigner cet instant d'horreur. Les bêtes grattaient ensemble le métal qui constituait le seul rempart de sécurité.

— C'est quoi comme race ? s'écria Timéo.

— Aucune idée ! avoua Erwan. Mais j'espère que leur maître n'est pas loin et qu'il va bientôt les rappeler.

— Une chance que la porte ne soit pas en bois ! se rassura Nathan, bizarrement plus calme.

— Nath, tu vas bien ?

— On ne risque rien, ils sont dehors et nous, non !

— Hé, oh ! là-dedans, il y a quelqu'un ? s'énerva Timéo en bousculant son ami d'un coup de hanche. T'as vu les monstres ! On va se faire bouffer même si on reste cachés ici !

— Je crains que Tim ait raison, Nathan. Regarde !

Il pointa le bas de la porte avec la torche qu'il venait d'allumer.

— Soit on se sauve, soit ils nous bouffent ! lança Erwan d'une voix tremblante.

Le panneau se déformait à chaque nouveau coup. Les créatures qui se déchaînaient sans craindre d'être entendues par le voisinage.

— Je ne suis pas un expert, mais à cette vitesse, dans une dizaine de minutes, ils l'auront explosé !

Nathan était étonnamment calme. Comme s'il avait perdu la tête, sauf qu'il commença à donner des ordres à ses amis.

Comme Timéo était le plus robuste des trois, il lui demanda de se suspendre au crochet soudé au milieu de la porte et de tenir la poignée verrouillée pendant qu'ils trouveraient de quoi se barricader. La porte vibrait à chaque coup porté.

— Les gars ! ne déconnez pas, ne me laissez pas là tout seul !

— Tim, tiens bon, je te jure qu'on revient !

Ils mirent cinq bonnes minutes avant de trouver un tas de gravats. C'était surtout des poutres en bois assez lourdes. Ils soupesèrent les premiers longerons et finirent par traîner le moins lourd vers la sortie.

Timéo leur hurlait de se dépêcher.

Les bêtes frappaient si fort que la porte se tordait sur l'angle inférieur. Un trou s'était formé et une patte griffue apparaissait de temps à autre tentant de l'agrandir. Heureusement, l'œuvre était solide malgré les apparences et la rouille qui s'était accumulée.

— Dites-moi que je fais un cauchemar et que je vais me réveiller ! aboya Timéo.

— Je vous l'avais bien dit que c'était une erreur de venir ici ! reprocha Erwan en aidant Nathan à placer la lourde poutre en travers de la porte.

— Ces anneaux devaient servir à ça, je pense ! annonça Nathan. Aidez-moi à glisser la barre dedans.

— Et après ? Tu vois bien que la porte s'ouvre vers l'extérieur. Les points d'ancrage dans le mur sont cassés !

— On n'a qu'à se servir de ces tiges de fer qui dépassent du béton pour coincer la poutre.

Ils travaillèrent de concert. Erwan se pinça le doigt, Timéo s'arracha la peau sur la paume des mains, mais ils parvinrent à consolider la porte.

Timéo osa lâcher la poignée.

— Et maintenant ? fit l'un.

— On tente de trouver une autre sortie en empruntant les galeries.

— Reste à espérer qu'on ne tombera pas sur les monstres enfermés ici !

— Ne nous porte pas la poisse ! grommela Erwan en braquant sa lampe torche vers le long couloir qui empestait l'urine, comme dans les toilettes de l'école en fin de journée.

Chapitre 7

Les monstres semblaient sentir que les adolescents s'enfuyaient, car ils frappaient de plus en plus fort sur la porte pour la démolir.

Le trio s'engagea, peu rassuré, entre les énormes tuyaux qui couraient sur les deux pans de mur pour retrouver un tas de solives jetées sur le côté. Le sol était par moments très glissant et boueux à mesure qu'ils avançaient. Rapidement, ils rencontrèrent un premier croisement. Au-dessus de leurs têtes, à cinq ou six mètres, une plaque d'égout, probablement celle donnant sur la rue commerçante, les narguait par son inaccessibilité. En effet, dans le tube de béton qui remontait il n'y avait aucune échelle métallique, tout juste une barre sous la plaque servant probablement à attacher une corde pour descendre en rappel. Ils poursuivirent leur chemin en ayant l'impression que quelque chose les suivait dans l'ombre. Nathan était presque certain d'avoir aperçu les mêmes billes rouges que celles entrevues le matin en allant chez son ami. Pour une raison qu'il ignorait, cela ne cherchait pas à les attaquer pour le moment. Il hésita à en parler à ses amis, mais à voir leurs têtes, il préféra ne rien dire. Erwan était totalement terrorisé et Timéo faisait seulement bonne figure pour donner le change.

Il y eut un bruit infernal qui remonta dans les couloirs.

— La porte est morte ! releva sombrement Erwan.

Nathan se mit à courir et invita ses amis à en faire autant. Ils n'avaient aucune idée de la direction à prendre, mais il fallait courir, fuir les monstres qui ne mettraient pas longtemps à les rattraper.

Erwan était à l'avant du groupe puisqu'il possédait la seule torche capable d'éclairer plus que leurs pieds.

Dans les longs tunnels plongés dans le noir, les enfants finirent par croiser des rats gros comme des chats qui les auraient sûrement fait hurler de peur si, dans leur dos, les prédateurs n'étaient pas encore plus terrifiants. Sans réfléchir, ils tournèrent à droite, à gauche, dévalèrent des escaliers sales où régnait une horrible odeur de cadavre. Ils en remontèrent d'autres jusqu'à obliquer à nouveau vers les profondeurs. Ils traversèrent en trombe deux croisements supplémentaires qui n'offraient pas plus de sorties accessibles. Le sol s'infléchit encore sous leurs pieds.

— Ça sent pas bon, les gars ! présagea Erwan. Si nous continuons de descendre, on va finir par se faire piéger.

— Alors trouve un chemin qui monte ! ronchonna Timéo.

Ils contournèrent un large pilier en béton avant de déboucher devant un large collecteur rempli d'eau. Le courant était faible, remarqua Nathan en suivant des yeux les objets qui flottaient en surface.

— On fait marche arrière ? demanda Timéo.

— Les gars, je crois que je vais me faire dessus. J'ai méga peur ! se sentit obligé d'avouer Erwan. On est perdus et ils arrivent.

— Tu n'avais pas emporté des couteaux de cuisine ? demanda Nathan.

— T'as vu leur gueule ? Que veux-tu faire contre ces monstres ?

— C'est sans doute mieux que rien, Erwan.

Le garçon était envahi de larmes, mais il parvint tout de même à sortir de son sac à dos les deux grands couteaux de sa mère.

Timéo en prit un et Nathan l'autre.

— Je ne peux pas tenir la lampe et me battre ! rouspéta le garçon en voyant les mines interrogatives de ses amis qui ne savaient pas très bien comment tenir l'arme blanche pour être le plus efficace possible.

— Il faudrait traverser et reprendre le tunnel juste là.

— Je ne rentre pas là-dedans ! protesta Erwan.

Il y eut un gémissement sordide qui précéda des rugissements.

— Ils approchent ! paniqua Erwan en se jetant immédiatement dans l'eau.

Ses amis se trouvèrent ridicules avec les couteaux de cuisine. Alors, l'un après l'autre, ils suivirent leur ami qui nageait à travers les détritus, la bouche fermée.

Une bagarre venait d'éclater dans les tunnels.

— Des égoutiers qui font la chasse aux monstres ? se hasarda Timéo.

— Je ne leur donne pas cher dans ce cas ! se désola le garçon.

Ils nagèrent dans l'eau putride en grimaçant. Erwan eut un haut-le-cœur en croisant un long boudin marron qui flottait devant son visage.

— Beurk, ça pue !

— Normal, on nage dans la merde !

— Il va me falloir un mois de douche intensive et dix litres de shampoing pour supprimer cette odeur !

— Nos vêtements sont bons pour aller à la poubelle ! se consterna Timéo en regardant Erwan qui s'empressait de remonter sur la coursive en béton pour se tenir comme un épouvantail à moineaux.

Les trois garçons, tout dégoulinants, firent de gros efforts pour ne pas vomir. Chacun dans leurs mouvements faisait remonter d'horribles relents. Ils arrivèrent dans une pièce carrée où des dizaines de tuyaux s'entrelaçaient avant de plonger dans un bassin aux eaux bouillonnantes et assourdissantes.

Sur leur droite, ils virent arriver deux des trois monstres avec les babines relevées.

Nathan se planta devant ses amis le couteau à la main.

— Reculez en douceur ! chuchota celui-ci en montrant aux monstres qu'il avait de quoi faire mal.

Mais cela ne semblait guère les impressionner.

Toutefois, aussi curieusement que cela puisse paraître, les deux énormes bêtes aux poils longs traversèrent la pièce en pointant leur museau en l'air pour renifler bruyamment.

Nathan fit signe de ne plus bouger.

Dans le bourdonnement discontinu, les bêtes passèrent juste à côté d'eux sans les voir. La seconde s'attarda, puis suivit la première dans le tunnel de droite.

— Il s'est passé quoi, là ?

— On s'en moque ! cracha Erwan.

— On retourne en arrière ?

— Tu es fou ! On n'a aucune idée du chemin à prendre !

— Il a raison ! appuya Nathan. Cette salle doit être souvent inspectée par les égoutiers. Ça doit être un point central du dispositif de traitement des déchets. Les deux couloirs là-bas sont sûrement des accès vu que celui que nous venons de prendre ne mène nulle part, sauf s'ils veulent prendre un bain moisi.

— Et grâce à ces monstres, inutile de se demander quelle direction prendre ! intervint Timéo. Ils sont partis à droite, alors on va à gauche !

— On a eu de la chance jusqu'ici ! avoua Nathan. Espérons que ça va durer !

— Faut avouer que notre petit bain nous a sans doute sauvé la vie ! apprécia Erwan.

— Tu crois que c'est pour ça qu'ils sont passés sans nous voir ?

— Quoi d'autre ?

Timéo poussa son ami devant lui pour les éclairer avec sa torche. Nathan s'était placé en retrait.

— Tu fais quoi ?

— Les gars, si on est ici, c'est à cause de moi. Alors, passez devant, je vous couvrirai s'ils reviennent !

Ses amis se regardèrent dans la pénombre, hésitant à préciser que, même avec son couteau, il ne ferait pas le poids face à ces monstres. Au lieu de ça, Erwan se frappa le front du plat de la main en marmonnant dans sa barbe.

— Qu'est-ce qui t'arrive ? demanda Timéo.

— Vous avez filmé, pris une photo ou enregistré leurs grognements ? Moi, non !

Nathan fit non de la tête en se rendant compte qu'il était tout de même là pour ça.

Chapitre 8

Après plus d'une heure à déambuler dans les tunnels sombres des égouts de la ville, Erwan, Timéo et Nathan s'étaient tout naturellement collés les uns aux autres pour avancer. La lampe faiblarde d'Erwan projetait un faisceau concentrique qui trouva sur le mur, un boîtier des années quatre-vingt.

— Pourvu que ça marche encore ! pria Timéo en tournant le bouton sur son socle.

Les murs se teintèrent progressivement d'une pâle lueur artificielle. Le système d'éclairage n'était pas de première jeunesse, cependant, il offrait malgré tout un peu de réconfort et beaucoup plus de visibilité. Les enfants n'étaient plus obligés de constamment éclairer dans leur dos pour s'assurer qu'ils n'étaient pas poursuivis par les monstrueuses créatures.

Dorénavant, ils voyaient loin devant eux et derrière Nathan. Le bourdonnement qu'ils entendaient depuis plus d'une heure était en fait un formidable canal qui charriait en surface des détritus de toutes natures.

— Je crois bien que c'est une rivière souterraine !

— C'est incroyable tout ce qu'on balance quand même !

— Le pire, c'est que personne ne s'en rend vraiment compte ! s'exaspéra Erwan. Les gens pourraient faire un peu plus attention à notre environnement.

— C'n'est pas ta crotte qui passe là ? plaisanta Timéo en montrant de la matière en suspension emportée par le courant.

— Waouh ! t'es un marrant, toi !

Nathan se mit à rire malgré lui.

Les mécanismes d'extinction automatique, une fois actionnés, émettaient un terrible grésillement qui se confondait à peine avec le bruit de l'eau en mouvement.

En file indienne, le trouillomètre à zéro, ils suivaient le couloir en espérant tomber au plus vite sur une sortie.

Chaque fois qu'ils passaient devant un interrupteur automatique, ils se hâtaient de le tourner à son maximum, sans se rendre compte que les bruits de crécelles pourraient bien finir par leur attirer des ennuis.

— Dites, les gars, je sais que vous vous posez aussi certainement la question : alors, d'après vous, où est le troisième monstre ? On en a croisé deux, mais ils étaient trois au départ. J'espère franchement qu'on ne se dirige pas droit sur lui.

— J'avais dans l'idée qu'il avait été abattu par les policiers. Tout à l'heure, on a entendu une bagarre avant de les voir débouler dans la salle carrée.

— T'es sérieux, Nathan ! ? ! T'as vu à quoi nous avions affaire quand même ?

— Écoute, si tu veux tout savoir, il y a quelque chose qui cloche… En vrai, pour une raison que j'ignore, je commence à me demander s'il n'y a pas d'autres créatures qui pourchassent ces monstres. Ce que j'ai vu et entendu depuis hier ne ressemblait pas à ces… à ces…

— Loups-garous ! termina Erwan.

— J'n'crois pas que ce soient ça ! contredit Nathan. Mais bon, là où je veux en venir, c'est que dans cette éventualité, il serait tout à fait possible que le truc que j'ai croisé chez moi soit capable de traquer ces monstres et que le troisième qu'on n'a pas vu soit hors-jeu !

— Disons que tu es dans le vrai ! consentit Timéo. Dans ce cas, j'espère que cette chose est de notre côté, parce que si c'est plus fort que les trucs qu'on a vus, je ne donne pas cher de notre peau dans le cas contraire.

— Moi, j'n'y crois pas trop à votre sauveur !

Timéo allait rétorquer, mais se figea en regardant par-dessus l'épaule de Nathan.

— Allons bon ! s'écria-t-il enfin. J'espère que ton ami inconnu va vite rappliquer ! reprit le garçon en pointant son index derrière Nathan. Et qu'il est vraiment dans notre camp.

Dans le fond du tunnel, sous les lampes clignotantes, deux molosses progressaient dans le même sens qu'eux.

— Ils sont de l'autre côté ! se rassura Erwan.

— Tu les as vus mouillés la dernière fois qu'on les a croisés ?

Erwan fit non de la tête.

— Je crois qu'ils sont parfaitement capables de passer par-dessus la rivière souterraine !

— C'est impossible ! objecta Timéo. Il y a quoi… ? trois ou quatre mètres qui nous séparent de l'autre coursive.

— C'était à peu près la même chose tout à l'heure quand on a dû traverser à la nage.

— Peut-être qu'ils ne nous verront pas ! se hasarda Erwan.

— Alors là, n'y compte pas ! s'opposa Nathan. Tout à l'heure, nous étions trempés, nous sentions les chiottes de l'école et nous étions dans la pénombre avec un torrent qui couvrait notre respiration. Nous sommes secs à présent et les lampes ne vont pas s'éteindre avant quelques minutes encore.

— Je propose qu'on se casse vite fait, les gars. Je n'ai vraiment pas envie de tester nos hypothèses !

Les garçons se mirent à courir sur la pointe des pieds. Erwan ne cessait de murmurer :

— Par pitié, une porte, par pitié une porte…

Mais le tunnel était long, haut et droit comme une avenue. Pas le moindre endroit où se cacher, pas plus d'ouverture pour retrouver l'air libre.

Les doigts de Timéo s'étaient posés machinalement sur la molette d'un interrupteur. Il remonta d'un mouvement de poignet la minuterie avant de réaliser son erreur.

Lorsque le mécanisme se mit à grésiller, ses amis enfoncèrent leur tête dans leurs épaules en lui jetant des regards noirs, mais il était trop tard, les prédateurs venaient de les apercevoir.

En quelques bonds successifs, ils arrivèrent à leur hauteur. Leur comportement ne laissait présager rien de bon. Les babines retroussées, toutes dents dehors, ils laissèrent échapper un profond râle qui se termina en un rugissement infernal.

Erwan sentit ses jambes flageoler sous son poids, menaçant de le laisser choir sur place.

Timéo tout aussi terrifié trouva la force de le soutenir pour avancer. Nathan s'était volontairement placé de manière à réagir si les monstres tentaient quelque chose. Il exhiba le couteau de cuisine, comme pour calmer l'ardeur des prédateurs.

Il y eut un autre boîtier avec un bouton rond. Erwan fut le premier à le tourner.

Tous savaient qu'il était inutile de s'en priver maintenant.

Nathan était le seul à oser les observer. Il était impressionné par leur attitude primitive. Ils se déplaçaient comme des lions, rugissaient presque comme eux, alors qu'ils ressemblaient davantage à des loups de grande taille. Erwan n'avait pas tout à fait tort de les confondre avec des loups-garous. Il remarqua une aptitude très particulière. Il avait déjà constaté dans la précipitation qu'ils avaient trois yeux, mais cette fois il prenait le temps de les voir agir. Les deux yeux du bas étaient alignés comme la plupart des mammifères terrestres, tandis que celui qui trônait au milieu du front agissait indifféremment des autres. Leurs longs poils épais comme la crinière du lion recouvraient entièrement leur corps.

À plusieurs reprises, Nathan les vit se poster sur le rebord en béton pour jauger probablement la distance qui les séparait de leurs proies.

Puis, ils rattrapaient leur retard sur Nathan qui suivait leurs moindres faits et gestes pour mieux les comprendre au cas où il aurait à les affronter.

Le plus gros des deux s'arrêta à nouveau et s'attarda un peu trop au goût du garçon. L'animal se tassa sur ses pattes. Sa longue queue s'agitait nerveusement comme celle des chats.

— Non, non, non ! paniqua Nathan. Ils vont sauter, les gars !

Effectivement, le collecteur était moins large d'au moins un mètre.

— On court ?

— On les affronte ! corrigea Nathan en se campant sur ses positions.

— T'es malade ?

— Ils seront sur nous avant qu'on trouve une sortie, Erwan ! On a un avantage sur eux.

— Ah bon ! lequel ?

— Il faut qu'ils traversent ! Dès qu'ils tomberont de notre côté, on les frappera et on les poussera dans la rivière.

Avant que ses amis refusent la proposition complètement folle, l'animal s'était élancé dans les airs. Cela dura tout au plus une ou deux secondes.

Une fenêtre de temps que Nathan mit à profit pour tenter un acte désespéré.

Il avait pris appui sur le mur pour être plus rapide.

Timéo et Erwan, figés sur place, le regardèrent foncer vers l'animal trois fois plus gros, qui posait déjà ses pattes de leur côté. Le garçon hurla pour se donner du courage et, les pieds en avant, glissa au sol pour faucher les pattes massives de la bête. Celle-ci bascula son train arrière dans la rivière, mais se raccrocha au rebord avec ses griffes redoutables qui manquèrent de transpercer les membres du garçon. Nathan s'était aussitôt rétracté sur lui-même et, prenant appui cette fois sur le sol, visa la gueule de l'impressionnante créature qui tentait de le mordre. Il le tapa les pieds joints de toutes ses forces. Le choc fut brutal. La bête en déséquilibre accusa le coup avant de glisser dans l'eau marron et graisseuse.

Son poids et son anatomie inadaptée au milieu aquatique le tirèrent vers le fond sous le regard de son congénère impuissant. Tous regardèrent la bête se débattre dans le courant pour ne pas se noyer.

Chapitre 9

Nathan avait mis quelques secondes à se relever. La réussite de son exploit l'avait autant surpris que ses amis. De l'autre côté de la rivière, la deuxième créature le dévorait de son œil central. Quand il la regarda, celle-ci lui montra ses dents en grognant.

Timéo et Erwan avaient encore la bouche ouverte. Ils n'en croyaient pas leurs yeux.

— Respect, mec ! finit par dire Timéo pour rompre le silence.

— Merci, mais j'ai eu beaucoup de chance !

— Chance ou pas, il faut être vachement courageux pour faire un truc pareil ! ajouta Erwan.

— C'est tout le contraire. Je suis mort de peur, les gars !

— Ben moi, la peur ne me donne pas des ailes. Je suis plutôt du genre à me liquéfier.

— J'ai l'impression qu'il révise sa copie celui-là ! coupa Timéo en désignant du menton le dernier prédateur qui grognait de rage de l'autre côté.

— Mais, il n'abandonnera pas ! se désola le héros en les poussant à partir.

— Ça a l'air vachement intelligent quand même ! s'inquiéta Erwan.

— C'est bien ça qui me dérange !

— Nathan ! l'interpella Timéo. Regarde !

Le garçon leva les yeux et constata, horrifié, qu'il y avait une passerelle à une vingtaine de mètres devant eux qui reliait les deux côtés.

— Nous sommes foutus ! se lamenta Timéo.

— Maman, je veux rentrer chez moi ! lança Erwan en laissant des larmes envahir ses paupières.

Le monstre se retrouva sur la passerelle en un rien de temps et se dirigea dans leur direction d'un pas lent et menaçant.

— Pitié ! hurla Erwan dans le dos de Timéo et de Nathan. On fait quoi maintenant ?

— On l'affronte ! ordonna leur héros.

— T'es fou ! s'écrièrent en chœur ses amis en reculant.

— Erwan, tu passes derrière nous et tu filmes la scène. Avec Tim, on va essayer de le faire tomber dans la rivière. Erwan, une fois que tu as des images, tu fous le camp.

L'animal qui leur faisait face était une abomination. Un concentré de violence bâti pour faire mal, très mal.

Ses griffes cliquetaient sur le béton à chacun de ses pas.

— T'es prêt, Tim ?

— NON ! hurla le garçon en tenant fébrilement son couteau qui tomba de ses mains.

— Qu'est-ce que tu nous veux, sale bête ? demanda Nathan. Ose approcher et tu vas vite goûter à ça !

Timéo ramassa le couteau en tentant de calmer les tremblements qui lui parcouraient tout le corps.

Il le menaça de son arme blanche pendant que l'animal avançait calmement.

— Grrr…

— Je te conseille de nous laisser tranquilles ! menaça Nathan avec aplomb.

L'animal avançait, les enfants reculaient.

— Grrr… Grrr… persistait le monstre en montrant ses vilaines dents.

— Tu filmes ?

— Je tremble comme une feuille ! avoua son ami, la bouche sèche.

— Fais en sorte de cadrer cette chose !

L'animal semblait vibrer à chacun de ses râles. Il ouvrait et refermait son immonde gueule en posant souplement une patte devant l'autre. Son œil frontal s'était fixé sur Nathan, les deux autres surveillaient les réactions de Timéo et Erwan.

Il avançait plus vite que les enfants reculaient. Aucun n'osait regarder en arrière, préférant fixer l'animal si proche que les garçons étaient en mesure de sentir sa répugnante odeur corporelle. Un mélange écœurant de vomi et de viande morte en putréfaction. Nathan compara mentalement les crocs de la bête à ceux du sanglier. Chaque canine mesurait, d'après lui, une bonne dizaine de centimètres et, entre elles, il avait l'impression que les deux rangées de dents supplémentaires s'apparentaient davantage aux dents métalliques des déchiqueteuses à papier.

Se pouvait-il que ces choses viennent tout droit d'un laboratoire scientifique ou d'essais militaires secrets qui auraient assemblé différentes parties animales pour faire un super prédateur ?

Sur leur gauche, il y avait un couloir sombre qu'ils n'avaient pas aperçu la première fois en passant.

La créature qui semblait prendre un malin plaisir à les terroriser changea de comportement comme si elle se préparait à attaquer. Écrasée sur ses pattes arrière, grognant de plaisir, elle dandinait sa croupe pour placer efficacement ses pattes. Son œil frontal étudiait les gestes de Nathan qui avait déjà osé les affronter.

— Tiens-toi prêt à frapper, Tim ! annonça son ami sur la défensive.

— Attention ! hurla Erwan en apercevant une patte monstrueuse s'agripper au rebord du mur sortie tout droit du couloir.

Timéo manqua de se briser la nuque lorsqu'il tourna brusquement la tête.

Il y avait effectivement un autre arrivant qui se détachait vaguement dans l'obscurité. Trop grand pour que ce soit la même chose qui les faisait reculer et trop large pour que ce soit un être humain. Dans le peu de lumière oblique, ils pouvaient apercevoir des membres, épais comme des troncs d'arbres, couverts de poils.

— Un ours ? s'étrangla Erwan en faisant de grands yeux.

— Un yéti ! se hasarda Timéo.

Les deux garçons regardèrent l'armoire à glace sortir de la pénombre en émettant un grognement caverneux. Des yeux rouges percèrent la noirceur des lieux.

Si Nathan avait regardé de plus près, il aurait reconnu immédiatement la patte griffue qui l'avait terrifié la veille au soir.

Était-ce le maître des quadrupèdes ? s'entendit penser Erwan.

La scène suivante sembla se passer en accéléré. Le quadrupède, toutes dents dehors, bondit sur Nathan pour le dévorer. Le garçon voulut l'éviter en se jetant sur le côté, mais l'animal avait anticipé ses gestes et allait refermer sa gueule sur son bras. Une ombre passa devant les yeux de l'adolescent à la vitesse de l'éclair. Le garçon sentit quelque chose de chaud lui éclabousser le visage. Un mélange de bave et de sang jaune comme des glaires.

Nathan termina sur le dos, le souffle coupé, le couteau à ses pieds. Tout en cherchant à retrouver un peu d'air, il regarda nerveusement l'affrontement qui s'ensuivit.

Le monstre sur pattes claquait sa mâchoire dans le vide pour tenter de mordre la créature qui venait de les aider.

Le quadrupède remuait farouchement tous ses membres et sa gueule pour tenter de s'extraire de la poigne solide de l'autre créature. Le spectacle était digne de l'extravagance d'un rêve. Quand les deux créatures se retrouvèrent sous la lampe, plus rien ne semblait réel.

Les enfants passèrent d'une scène cauchemardesque à une situation déroutante.

L'animal qui venait de voler au secours de Nathan avait les pattes et les mains couvertes de poils gris, épais et longs qui tranchaient avec ses poils roses et fins comme des cheveux de soie sur le reste du corps.

Malgré la force du yéti, l'autre monstre parvint à se défaire de son étreinte. Un coup de mâchoire dans le vide, une esquive, une autre attaque meurtrière et un coup de poing dans le poitrail envoyèrent le quadrupède à terre. Il se rebiffa et ramassa un autre coup de poing dans la mâchoire. L'espèce de loup-garou se retourna pour mordre Nathan qui eut juste le temps de rassembler ses jambes contre sa poitrine. Les dents cognèrent le sol, puis le yéti lui envoya une magistrale baffe qui le fit décoller pour l'envoyer directement dans la rivière souterraine.

La bête ragea et nagea, mais le courant l'emporta irrémédiablement.

Les adolescents se tournèrent vers l'inconnu qui venait de les sauver. Aucun n'osait parler. Rompre ce silence réconfortant bien qu'étrange leur était impossible. Que leur réservait la bête maintenant que les quadrupèdes étaient hors service ?

L'étrange créature s'était replacée dans la pénombre pour les observer avec ses yeux rouges.

Erwan, la main tremblante, ralluma sa torche et braqua son faisceau sur leur sauveur. D'autres grognements retentirent au loin. Nathan regarda par-dessus son épaule pour voir venir une dizaine de monstres du même genre que ceux qu'ils avaient expédiés dans les eaux boueuses du collecteur.

Chapitre 10

— Aidez-nous, Monsieur ! lança Erwan.

Monsieur n'était peut-être pas le terme le plus approprié, mais le temps manquait. Les horribles bêtes traversèrent le collecteur, d'autres bondirent par-dessus pour finir par les encercler.

— *Mamamilla* ! s'écria Timéo.

Partout où son regard se posait, il n'y avait que des gueules affreusement entrouvertes qui bavaient en grognant.

Une gerbe d'étincelles crépita sous la voûte des égouts, s'ensuivit une longue traînée argentée qui en retombant forma un formidable écran électrique autour des adolescents pétrifiés.

Les espèces de loups-garous, qui tentèrent leur chance en traversant le phénomène, furent foudroyées sur place.

Les autres se mirent à pousser des hurlements rageurs.

Timéo, Erwan et Nathan se sentaient pris au piège. D'un côté, il y avait des dizaines de quadrupèdes féroces qui étaient prêts à les dévorer vivants, et de l'autre ce drôle d'individu, qui n'avait pas clairement défini ce qu'il leur voulait.

— C'était donc toi dans les poubelles ! ? amorça Nathan.

— Comment tu sais que c'est lui ? demanda Timéo.

— Ses mains, impossible de ne pas les reconnaître !

— Pourquoi tu nous as emmenés ici ? l'interrogea Erwan.

— Ils viennent de ton monde ! s'enquit Nathan.

La créature l'observait de toute sa hauteur, comme si elle réfléchissait à la manière de conduire la suite de cette histoire.

— Qu'est-ce que tu me veux à la fin ? s'énerva le garçon. Je ne t'ai rien fait, que je sache ?

— Tchac troc prouc ! articula l'individu bizarre en guise de réponse.

Les rideaux électriques perdaient peu à peu de leur intensité.

— Je ne voudrais pas interrompre vos retrouvailles, mais on ne devrait pas filer ?

Les ampoules scintillèrent au-dessus des adolescents.

— La minuterie ! s'exclama Erwan en panique.

Les lampes grésillèrent, puis s'éteignirent en même temps que les étincelles argentées parcouraient le plafond.

— Tchac troc prouc ! répéta la créature en les agrippant avec ses gigantesques bras pour les enserrer tous ensemble contre lui.

Les garçons hurlèrent de peur, Nathan donna même des coups de poing dans le ventre tout mou de son assaillant. Il n'était pas certain que cela lui faisait grand mal, mais c'était à peu près tout ce qu'il pouvait coincer dans ses bras puissants.

Il y eut un flash extraordinaire qui leur fit perdre la vue de longues minutes.

Leur vision était floue, mais graduellement ils recouvrèrent la vue. Ils battirent des paupières, firent des grimaces, puis, abasourdis, se rendirent compte qu'ils foulaient de l'herbe grasse. L'individu s'était éloigné d'eux pour s'asseoir sur un tertre verdoyant.

Les égouts avaient disparu, les monstres également. La lumière était à la fois traumatisante et réconfortante. Nathan se surprit à humer l'air pur des prés et laissa les rayons du soleil lui chauffer agréable le visage.

Comprenant que la créature ne leur voulait aucun mal, il se mit à tourner sur lui-même pour découvrir où ils étaient.

— Tchac troc prouc ! recommença la créature.

— Nom d'un gobelin ! s'insurgea Timéo. Où sommes-nous ? C'est quoi ce machin ?

— Ce machin, comme tu dis, nous a sauvé la vie, Tim ! lança Erwan.

— Tchac troc pro... comprends pas ! Je m'appelle Nathan et voici mes amis Erwan et Timéo.

La créature se redressa de toute sa hauteur pour leur faire face. Les adolescents n'en croyaient toujours pas leurs yeux. Cette chose était tout simplement unique. Ce n'était ni un yéti ni un panda. Aucune légende humaine ne faisait mention d'un tel animal. En tout cas, pas dans les souvenirs d'Erwan. Nathan, en revanche, cherchait le lien qui lui disait qu'il connaissait cet être particulier. Ce qui le mit sur la voie fut la couleur de ses poils. Rose sur tout le corps sauf sur les bras et les jambes qui prenaient des teintes argentées dans la lumière.

— Qu'est-ce que c'est ? chuchota Erwan.

— Gorne ! lui lança la créature.

— Connais pas de Gorne ! avoua Timéo en lui faisant face.

— C'est quoi ce truc ? un yéti ? lança Erwan.

— Ben non, regarde sa tronche, c'est un panda ! chuchota Timéo.

Nathan se racla la gorge pour les faire taire.

— Bonjour, Gorne ! Ne les écoute pas, ils n'ont pas été finis à leur naissance. Je te remercie de nous avoir sauvé la vie, même si c'est un peu à cause de toi qu'on s'est retrouvés dans les égouts.

La créature le considérait d'une drôle de manière. Ni méprisante ni enjouée. Son visage animal ne collait pas à sa capacité à s'exprimer.

— Tu comprends notre langue ?

— Je parle cinq cent soixante-dix langues et deux mille dialectes ! avertit-il. Vous n'auriez jamais dû entrer dans les égouts. Ce n'était pas prudent.

— On n'a pas eu trop le choix ! s'emporta Erwan.

— Je vous avais pourtant prévenus de la venue des Vorateurs. Ils sont des centaines à avoir franchi le portail !

— Vorateurs ?

— Tu nous as prévenus ? Quand ? Où ? À quelle heure ? ne cessait de protester Erwan que ses amis ne reconnaissaient plus.

— Du calme, Erwan. Je pense que les Vorateurs sont les monstres qui nous ont pourchassés ! lança Nathan.

— Ne te fatigue pas, Nath, ça, j'avais compris !

— Mais pourquoi m'avoir attiré dans les égouts dans ce cas ?

— Mon rôle est de reconduire les Vorateurs chez eux, je ne faisais que les traquer, mais votre monde et ses déchets puent tellement que je n'arrive plus à les piéger avec mes appâts.

— Vous utilisez quoi comme appât ? intervint plus calmement Erwan. J'ai des brioches dans mon sac à dos si ça vous dit.

— Du Papre drac. Dans votre monde, vous appelez ça du plastique.

— Ils aiment le plastique ? s'étrangla Timéo. Alors pourquoi vouloir nous bouffer ?

— Vos vêtements sont à base de plastique ! expliqua Gorne d'une curieuse façon.

— Mon pull est en laine ! corrigea Erwan. C'est ma grand-mère qui me l'a tricoté.

— En fibre de plastique ! reprit Gorne. Votre monde tourne autour du plastique comme le monde des Vorateurs. Vous savez, ils n'ont pas toujours été des monstres. Mais à force de consommer, comme vous, des ressources fossiles, ils ont fini par se transformer en Vorateurs.

— Quelle idée ! Nous ne mangeons pas de plastique sur Terre ! corrigea Erwan.

— Faux ! objecta Gorne sur un ton de reproche. Vous en consommez sans le savoir. Vos industries en utilisent une grande quantité pour vous nourrir.

Un certain malaise s'installa et Nathan préféra changer de sujet.

— Où sommes-nous, Gorne ?

— Je vous ai conduits dans mon monde. Tchac troc prouc. Il y a aussi des Vorateurs ici. Mon peuple s'est caché et espère que je chasserai ces créatures hors de notre univers. Si je vous aide à vous en débarrasser dans votre monde, vous pourrez m'aider à en faire de même ici ?

— Gorne, c'est ultracool de nous prendre pour des héros, mais nous ne sommes que des enfants. T'as vu nos muscles. Une chèvre en a trois fois plus. Et puis sans vouloir te décevoir, nous ne serons bons que comme appâts ambulants.

La créature ne dit rien.

— Minute papillon ! Je te vois venir avec tes grands souliers. Il est hors de question de servir d'appât ! s'opposa Erwan.

— Et pourquoi pas ? trancha Nathan. Aidez-nous à nous débarrasser des Vorateurs sur Terre et je viens avec vous, ici, pour servir d'asticot.

— Asticot ? reprit Gorne.

— Trop longue histoire ! coupa le garçon.

Chapitre 11

Pendant que Timéo s'extasiait devant le magnifique panorama du monde de Gorne, la créature trouva une oreille attentive auprès d'Erwan et de Nathan.

Ils écoutèrent toute l'histoire sur les Vorateurs et leur origine. D'invraisemblables récits que les garçons acceptèrent de croire, étant donné le voyage inter-dimensionnel qu'ils venaient de faire pour arriver dans le monde de Gorne avec son étrange végétation qui les entourait. Quand Nathan commença à poser des questions, Gorne se montra tout à coup moins loquasse, voire embarrassé.

— Lorsque je regarde votre monde, je me demande ce que les Vorateurs peuvent bien vouloir y faire. Il est clair que vous n'utilisez pas de plastique. Je doute que vous ayez des usines pétrochimiques ou des voitures. J'ai l'impression que seule la nature compte, alors pourquoi viendraient-ils chez vous ?

— Tout ne peut pas vous être révélé maintenant, Nathan. Vous allez devoir garder le silence sur l'existence des Vorateurs. Personne ne doit savoir qu'ils existent et, surtout, qu'ils viennent d'un autre monde que le vôtre.

— À ce sujet, comment font-ils pour passer d'un monde à un autre ? ils ont des pouvoirs magiques ?

— Je... je n'en ai aucune idée ! admit-il trop facilement.

Les garçons apprirent, néanmoins, l'essentiel sur les créatures qui les avaient attaqués : ces bêtes s'en prenaient directement aux vêtements et que dans leur sauvagerie ils pouvaient blesser les porteurs de plastique. Erwan se contenta de cette explication, pensant qu'il dormirait mieux ainsi, mais Nathan était perturbé par les réponses données et les mystères qui entouraient l'existence des Vorateurs.

Il était à peu près quatre heures de l'après-midi quand ils réintégrèrent leur monde. L'étrange créature leur avait permis, avant de les renvoyer sur la Terre, d'explorer une toute petite partie de son monde. Timéo en avait profité pour courir derrière des lapins grands comme des chiens, après s'être assuré qu'ils ne risquaient pas de vouloir le mordre. Erwan, quant à lui, avait affronté la colère de Gorne lorsqu'il avait tenté de faire un selfie discrètement avec lui.

Curieusement, son téléphone s'était éteint sans parvenir à le rallumer. Nathan l'avait à son tour couvert de nom d'oiseaux, puis les trois apprentis aventuriers se retrouvèrent à une rue transversale de chez Erwan. Il n'y avait pas de monstres à l'horizon, pas de passants pour les voir apparaître comme par miracle. Seulement un chat errant qui miaula en les apercevant, avant de détaler en crachant.

— Je crois que je déteste les chats ! grommela Nathan en cherchant des yeux Gorne qui semblait être resté dans son monde.

— Dites-moi que j'ai rêvé, les gars ! commença Erwan.

— Non ! fit Timéo.

— Si tout ça est vrai, alors qui compte retourner aux portes des égouts ce soir.

— Attends, Nathan, tu ne comptes tout de même pas accepter de rejoindre Gorne à vingt-deux heures ?

— Ch'sais pas, faut voir !

— Les gars, demain on rentre au collège. J'n'ai pas envie d'être mort de fatigue.

— Mort tout court, tu veux dire ! se décida à parler Timéo en passant son pouce sur sa gorge.

— Je n'ai pas arrêté de vous prévenir que ce n'était pas une bonne idée. Alors, écoutez-moi quand je vous dis de laisser tomber pour ce soir.

— Il nous a sauvé la vie, les mecs ! Quel homme serai-je un jour si je ne m'acquitte pas de ma dette aujourd'hui ?

— D'où tu sors cette réplique de nube ? Nous sommes des gosses, mec, atterris, tu veux ! Que veux-tu faire contre des Vorateurs ? On dirait des lycantes démoniaques en plus.

— Je fais confiance à Gorne. Il n'est pas de notre monde et, pourtant, il tente de le débarrasser de ces choses.

— C'est son boulot, Nathan. Pas le nôtre.

— C'est là que tu te trompes, Erwan. Si nous avons la volonté de repousser les Vorateurs chez eux, nous trouverons peut-être le courage de nous opposer à ceux qui tentent de nous endormir avec leurs tricheries juste pour du fric. À quoi leur sert l'argent aux Vorateurs maintenant qu'ils sont dans cet état ?

— Tu dis n'importe quoi, Nath. Les jeux de rôle te font perdre la tête, mon pote. Nous n'avons aucun pouvoir, ni aujourd'hui ni demain. Et les explications de Gorne ne m'ont pas convaincu. Je suis sûr qu'il nous cache des choses. Il ne t'a même pas répondu tout à l'heure quand tu as trouvé bizarre que ces créatures soient chez eux.

— Erwan, j'ai parfaitement conscience que mon rôle avec Gorne, c'est de faire l'asticot sur un hameçon à attendre qu'un poisson se décide à me bouffer, mais je suis convaincu que c'est utile. Nous n'avons pas besoin d'être des machines de guerre pour mener certains combats. Et je crois que nous avons un avantage, nous sommes jeunes. À nous de changer les tendances de notre société. Il suffit parfois de pas grand-chose pour que tout un peuple se soulève.

— Tu parles des hommes, Nathan ? Nous ne réussirons pas à passer plus d'une génération avant que tout capote à nouveau. Tu as étudié l'histoire comme nous, que je sache ? Les hommes ne cessent de courir à leur perte ! intercéda Timéo qui semblait contrarié, mais du même avis qu'Erwan.

— Les gars, je ne vous force pas à venir. Il en suffit d'un, je pense. Chacun fera ce qu'il juge utile de faire en son âme et conscience ! La mienne me dit de tenter quelque chose.

Chapitre 12

Nathan avait reconduit Erwan jusqu'au pas de sa porte d'immeuble, puis avait quitté Timéo qui s'était également dirigé chez lui en faisant bien attention de rester au milieu des gens.

Nathan n'arrivait plus à marcher sans regarder en permanence par-dessus son épaule ou à travers les bouches d'égout. Il eut à peine le temps de faire trois pas dans le hall d'entrée qu'il trouva Éva qui l'attendait. Elle lui sauta au cou avec plein d'entrain. Mais il ne lui fallut qu'une poignée de secondes avant qu'elle s'en éloigne en se pinçant le nez et en grimaçant.

— Tu as passé la journée dans une décharge publique ? Qu'est-ce que tu pues !

La jeune fille le bombarda alors de questions sans attendre de réponses.

— Éva ! l'interpella Nathan pour la faire taire.

— Mais il n'y a pas de décharge en ville, comment tu t'y es rendu ? tu as pris le car ? non, tu as pris le métro ? tu as fait du stop ? ce sont les parents d'Erwan qui vous ont conduits là-bas ? mais pour quoi faire ?

Le débit de sa sœur était si intense qu'il fut obligé de hausser le ton.

— ÉVA ! cria le garçon de manière un peu excessive.

Guénola sortit du salon afin de comprendre pourquoi son fils hurlait de la sorte.

— Qu'est-ce qui empeste autant ? demanda-t-elle à son tour.

— C'est moi, Man ! glissa le garçon espérant pouvoir monter dans sa chambre pour se changer le plus vite possible en se souvenant qu'il avait baigné dans les excréments de toute une ville.

— Pas si vite, jeune homme ! l'interpella son père en le dévisageant. Comment en es-tu arrivé à ça ?

Il montra les chaussures qui moussaient à chacun de ses pas.

— Un stupide jeu de rôle réalité ! lança le garçon. Je devais combattre un dragon avec des dés à douze faces. Timéo qui représentait le dragon a fait un meilleur score que moi. Il m'a aspergé de vomi de dragon.

— Pardon ?

— Erwan a concocté un mélange dont il est le seul à avoir le secret ,qui a servi au châtiment.

— Vous ne savez plus quoi inviter pour jouer ! grommela la mère qui se voyait déjà frotter les vêtements pour avoir raison des tâches et surtout de l'odeur.

— Timéo y a été un peu fort ! annonça Nathan en signe d'excuse. Il ne devait me lancer que quelques gouttes, mais il s'est pris les pieds dans une rallonge et voilà le résultat.

— Je crois que tu peux te laver tout habillé ! sous-entendit Stéphane. Tu rendras service à ta pauvre mère, comme ça.

— Et pourquoi ce ne serait pas toi pour une fois qui laverais les vêtements tachés ? contesta Guénola.

— Si tu veux, ma chérie ! abdiqua le père en lui faisait en clin d'œil.

Le fait que son père accepte de gérer le linge sale signifiait que Nathan devrait se débrouiller tout seul. Stéphane était bien connu dans la famille pour son aversion maladive pour le linge. Si sa femme l'écoutait, il confierait cette tâche à une blanchisserie, quitte à payer une fortune pour de simples lavages et, cela même, s'il fallait manger des pâtes pour le restant de ses jours.

Pendant leur petite mise au point, Nathan parvint à s'éclipser en se dirigeant directement dans la salle de bains.

— Ne passe pas trois heures. Tu m'as promis de jouer avec moi avant le repas ! l'avertit sa sœur.

Nathan suivit les conseils de son père en se mettant tout habillé sous le jet. Il enleva une à une ses affaires qu'il déposa dans un coin pour prendre la douche la plus longue et la plus parfumée de toute sa vie.

Shampoing, savon et démêlant pour cheveux blonds se succédèrent. Il se frotta la peau à la faire rougir, se brossa les dents cent fois à s'en faire saigner les gencives pour espérer faire disparaître le moindre microbe qui l'avait contaminé.

Il fouilla dans les affaires de sa mère pour trouver de petites dosettes en plastique contenant du liquide oculaire. Tout en se rinçant les yeux avec, Nathan ne put s'empêcher de râler sur l'importance qu'avait prise le plastique dans leur quotidien. Il était utilisé partout : brosse à dents, bouteille de shampoing, support à savon, tube de dentifrice, pot de crème pour le visage, bouteille pour les bains de bouche… C'était infernal comment personne ne s'en rendait compte. Comment faire autrement ? La Terre verrait-elle un jour les humains se transformer en monstres comme les Vorateurs ?

Il retrouva sa chambre en passant devant Éva qui l'attendait de pieds fermes et en ressortit tout habillé avec des baskets aux pieds.

— Il m'est avis que tu serais mieux en chaussons ! lui lança Guénola qui montait les escaliers. Tu as fait quoi de tes affaires ?

— Je les ai lavées, Man. Elles sont dans la corbeille à linge sale.

— Non, mon grand, il faut d'abord les faire sécher avant de les mettre au sale.

— Ben, pour quoi faire ? s'étonna Nathan.

— Après ça moisi ! lança Éva en entrant dans la salle de bains pour faire ce que son frère mettrait deux heures à faire.

— Merci, Éva ! apprécia le garçon alors qu'elle sortait en dodelinant de la tête.

Leur mère était redescendue et les enfants s'installèrent dans la mezzanine pour jouer par terre. Éva adorait cet endroit, il était exigu, faiblement éclairé et incroyablement douillet avec des dizaines de coussins jetés en tas.

— Si tu veux bien, je préférerais un jeu simple, un truc fait en bois ou en papier…

La jeune fille fouilla dans la pile de jeux et en sortit un vieux livre à la couverture usée. Quelques pages étaient cornées et plusieurs témoins étaient enfichés dans l'ouvrage.

— Qu'est-ce qu'il fait là, ce livre ? demanda Éva.

— Aucune idée. Fais voir !

Nathan le porta sous la lumière tamisée pour déchiffrer le titre. Les lettres en surimpression avaient trop souffert, si bien qu'il était pratiquement impossible de le lire. Il l'ouvrit et c'est alors qu'une odeur boisée s'en dégagea.

— *Les Légendes de Gorne* ! souffla Nathan en faisant de grands yeux.

— Qu'y a-t-il ? demanda Éva.

— Hallucinant ! s'extasia celui-ci. Tu veux que je te lise quelques pages ?

Éva n'envisageait pas sa partie de jeu ainsi, mais passer du temps avec son frère valait bien cette concession. Elle haussa les épaules et se cala contre le mur parmi les coussins de toutes tailles.

— Après, on joue ! rappela la jeune fille.

— Promis !

Chapitre 13

Nathan parcourut à la volée les quelque trois cents pages du livre des *Légendes de Gorne*. Les dizaines de bouts de papier coincés entre les pages ne relevaient aucun passage particulier. À mesure qu'il les lisait, il se souvenait de l'avoir déjà lu ou entendu. Voilà pourquoi il trouvait familier ce drôle d'animal.

Il se rappela que cette créature pouvait apparaître sous plusieurs formes.

Tiens donc ! pensa Nathan.

Tantôt elle était un gentil petit chat, tantôt elle incarnait un lion terrifiant ou même un éléphant lorsque son aventure l'exigeait. Gorne était un génie, une sorte de magicien sans trucages, un mage puissant qui œuvrait généralement pour le bien. Ou plutôt qui poussait les autres à accomplir des actes glorieux.

Dans le livre, Gorne avait participé à rétablir la paix dans les guerres humaines les plus meurtrières. Certaines étaient purement fantasques, bien trop loin dans le temps pour trouver la moindre preuve pour étayer ces faits, mais d'autres faisaient encore écho aux oreilles de Nathan.

Le garçon décida de refermer le livre pour permettre à Éva de le vaincre à son jeu favori qu'il détestait, le *6 qui prend !* Pour une raison qu'il ignorait, Éva triomphait pratiquement toujours à ce jeu-là. Il savait qu'il perdrait une bonne vingtaine de fois avant de déclarer forfait.

Nathan souleva un :

— Peut-être que nous devrions aller manger ? Je suis mort de faim, pas toi ?

Éva n'en avait jamais assez et réussit, avec son sourire charmeur, à le tenir sur une dizaine de tours supplémentaires.

— À table, les enfants ! cria finalement Guénola.

Nathan était sauvé par le gong. Maintenant, il fallait encore qu'il se prépare à sortir en pleine nuit, alors que la rentrée à l'école était le lendemain. Demander à ses parents de dormir chez un de ses amis était inenvisageable. Il regarda Éva radieuse ranger les jeux sans dire un mot. Elle rayonnait de plaisir, alors qu'il n'avait joué qu'une heure avec elle. Il se sentait heureux de lui avoir donné de son temps. Cet étrange sentiment, il ne l'avait jamais eu auparavant.

Rencontrer Gorne en personne lui avait-il ouvert les yeux sur l'essentiel ? Il se sentait investi d'une énergie bienfaitrice.

Tout à coup, il se demanda s'il n'avait pas inventé de toutes pièces cette aventure. Le regard tourné vers sa sœur, il se remémora leur course-poursuite d'un air songeur. Cela lui paraissait si réel.

Il glissa le livre sous son bras et descendit avec Éva rejoindre leurs parents qui discutaient sur la reprise de leur travail. Guénola ferait son entrée dans une nouvelle entreprise, elle appréhendait un peu, cela se voyait sur son visage.

— S'ils t'ont embauchée, mon cœur, c'est que tu as les compétences requises. Tu ne vas pas passer la nuit à ruminer ?

— C'est facile pour toi, tu as le job de rêve. Payé pour tester des clubs de vacances, il y a pire quand même ?

— Tu sais, à la longue, ça devient chiant et c'est mal payé.

— Non, tu es sérieux ? Tu ne veux pas que je te plaigne quand même ?

Stéphane esquissa un sourire diabolique avant de répondre :

— Je ne veux pas te plomber le moral, c'est tout ! Mais avoue que tu auras un plus gros salaire que moi.

— Man, Pa, avec Éva nous avons trouvé ça dans le tas de jeux. Vous vous souvenez où vous avez eu ce livre ?

— Oh ! c'est vieux... Pourquoi ? s'informa le père. Tu cherches à lire d'autres œuvres du même auteur ?

— J'aimerais bien parler avec celui qui l'a écrit. Il raconte des histoires plutôt... étonnantes... J'aurais aimé connaître ses sources d'inspiration.

— Je ne me souviens plus ! avoua la mère en faisant une grimace désappointée. Je crois que c'était dans un Salon du livre. L'auteur n'a pas dédicacé l'ouvrage ?

Nathan chercha aussitôt la signature qui était apposée en tout début de livre sous un texte écrit à la main :

« Bienvenue dans les aventures de Gorne, prière de ne jamais le rencontrer ou votre vie prendra un tournant inattendu.

Amicalement,
FOZ. »

Nathan plissa les yeux pour mieux réfléchir. Les recommandations de l'auteur étaient-elles fondées ? Le Gorne de l'histoire était-il le même que celui qui leur avait sauvé la vie ? Ce FOZ inventait-il toutes ces histoires ou bien ne faisait-il que les retranscrire sous une fausse identité ?

Éva s'était assise en bout de table, près de son père pour engloutir sa soupe en quelques cuillérées. Son frère avait pris place à la droite de sa mère qui le dévisageait.

— Tu n'as pas faim ?

— À vrai dire... les parents d'Erwan ont fait plein de crêpes. J'admets en avoir mangé un peu trop.

L'esprit préoccupé, il vida tout de même son bol sans protester, mais lorsque son père présenta le désert, il déclara forfait.

— D'ordinaire, tu adores mon gâteau de semoule ! se vexa le père. Même pas une petite bouchée ?

— J'ai vraiment plus faim, Pa. Je te demande pardon. Si ça ne vous dérange pas, j'aimerais aussi aller me coucher, je suis mort de fatigue. Je ne voudrais pas commencer le collège la tête dans le cul.

— Nathan, je te demande de mesurer ton langage ! rouspéta Stéphane en fronçant les sourcils.

— Pardon, papa... Je peux ?

— Vas-y, mais n'oublie pas de te laver les dents ! consentit sa mère en débarrassant la table.

Nathan ramassa ses couverts, puis fit le tour de la table pour embrasser sa famille.

— Tu es sûr que demain tu ne veux pas qu'on soit là pour ta rentrée ?

— Papa ne peut pas et, toi, tu commences un nouveau boulot. Je préfère que tu sois à l'heure, Man. Ne t'en fais pas, je me débrouillerai sans problème. Pa m'a déjà accompagné jusqu'au collège. Je connais le chemin par cœur.

Il leur adressa un sourire, puis s'éclipsa sans un mot de plus.

— Ça grandit trop vite ! protesta la mère en ouvrant le lave-vaisselle.

— On a encore notre cocotte ! signala Stéphane en couvant Éva du regard.

— Moi aussi, je suis grande maintenant, je peux aller à l'école à pied comme Nathan.

— Non, ma chérie ! se mit à rire sa mère. Je doute que tu veuilles marcher deux heures tous les jours.

— C'n'est pas si loin en car ! protesta Éva. Je peux aussi dire des gros mots.

— Je te le déconseille, ma chérie !

Les parents rirent de bon cœur lorsqu'elle bouda en croisant ses petits bras devant sa poitrine.

— Ne sois pas trop pressée de grandir, ma puce.

Chapitre 14

Plus les minutes passaient et moins Nathan était convaincu de sortir aussi tard dans la nuit. Ses parents avaient confiance en lui. Ses amis avaient raison. Partir aider Gorne à traquer les Vorateurs était une idée complètement absurde. Il jeta un œil par sa fenêtre en constatant que la nuit venait de tomber. Il avait entendu ses parents monter dans leur chambre, ils bavardaient bruyamment dans la salle de bains commune sans trop s'apercevoir qu'on pouvait les entendre dans les pièces voisines.

— Je déteste ce pyjama ! râla le père.

— Écoute, c'est de la soie véritable ! C'est très bien pour dormir.

— Je n'aime pas cette matière, j'ai froid avec et en plus ça glisse ! protesta le père.

— Tes enfants ont cassé leur tirelire pour te l'offrir.

Il grogna.

Éva posa le front contre le rebord de porte de la chambre de son frère. Elle toqua timidement pour respecter son intimité. Il y a un an, ils avaient établi cette simple règle, le soir, il n'aimait pas être dérangé. Depuis, la jeune fille n'avait rompu qu'une seule fois leur pacte.

Alors, elle attendait que son frère l'invite pour se permettre d'entrer.

— C'est bon, Éva ! s'écria le garçon.

Sa sœur était déjà en pyjama et avait même eu le temps de se brosser les dents.

— Tu es inquiet parce que tu vas retrouver Chloé ?

— Hein… ? Euh… un peu ! admit-il en la dévisageant malgré lui. Tu sais, ça fait un an que je ne l'ai pas vue. Elle se sera sans doute fait d'autres amis et peut-être qu'elle ne se souviendra pas de moi.

— T'es nigaud, vous étiez les meilleurs amis à l'école.

— Oui, mais les gens changent en grandissant, Éva. Ce n'est pas sûr du tout que nous ayons encore les mêmes loisirs.

— Elle serait bête de t'avoir oublié, tu es le garçon le plus gentil du monde !

Il la gratifia d'un large sourire, gêné.

— Bonne nuit, Nathan ! lança la jeune fille dans la retenue.

— Bonne nuit, sœurette !

Son père passa la tête par l'ouverture.

— Mon gâteau était divin, tu as loupé quelque chose.

— Je sais, Pa.

— Bonne nuit, mon grand ! s'invita Guénola tout en tirant son époux vers les escaliers.

Stéphane alluma la télévision et l'ampli pour faire profiter toute la maison avant que sa femme ne baisse le son en lui rouspétant dessus.

Le garçon se retrouva enfin seul, il regarda sa montre : Vingt-et-une heures trente-cinq. C'était maintenant ou jamais. Car il lui fallait plus de vingt minutes pour arriver aux portes des égouts.

Il attrapa son téléphone et textota dans une conversation de groupe quelques mots :

« Plus trop envie. Gorne mérite notre aide, quoi faire ? »

« Mes parents sont devant la télé. Si je sors, ils me verront tout de suite », répondit Timéo.

« C des conneries. Je ne bouge pas de chez moi et vous devriez en faire autant, les nases », conclut Erwan.

Nathan s'allongea sur son lit, les bras croisés sous sa nuque pour réfléchir. Il se sentait bizarre, comme s'il avait fait une grosse bêtise alors qu'il n'avait encore rien fait.

Il se leva, attrapa le livre usé posé sur la commode et l'ouvrit sans but précis. Il prit la lecture d'un passage en milieu d'ouvrage tout en retirant le petit papier coincé :

« Léo faisait face à une colline qui se teintait d'argent dans le soleil déclinant. Sans un bruit, il avançait entre les arbres en serrant le bâton trouvé dans l'armoire du palais.

Il était persuadé qu'au moment voulu ce simple bout de bois se révélerait sous son vrai jour. Il était à peu près certain de détenir la baguette magique de Gamborion.

Un léger clapotis venant des eaux sombres de la rivière couvrait peu à peu le bruissement des arbres farouchement agités par des vents contraires. Dans l'obscurité, il y eut d'abord un frémissement et, soudain, surgirent des ombres massives qui se glissèrent furtivement derrière les troncs d'arbres pour contourner Léo. Le garçon serra plus fort son maigrelet bout de bois en se souvenant des paroles de Gorne : "Souffle sur la tige en prononçant : Drif, apencou, djal casar."

Léo souffla sur sa baguette comme le lui avait conseillé Gorne et chuchota par trois fois : "Drif, apencou, djal casar.".

Devant lui, à moins d'un mètre, des griffes argentées étincelèrent au clair de lune. Des yeux en forme d'amande le fixaient cruellement, brillant comme de minuscules petits phares de voiture.

"Les Vorateurs !" chuchota Léo en agitant sa baguette qui laissa une longue traînée dorée dans son mouvement vertical.

L'animal qui lui faisait face bondit sur l'enfant en poussant un horrible rugissement. Léo fendit l'air en criant : "Drif, apencou, djal casar"... ».

Nathan ne voulait pas connaître le dénouement de cette rencontre. Pas comme ça. Il ferma le livre sans chercher à marquer la page. Il n'était pas certain que dans ses souvenirs ce se soit bien fini. À cette minute, seul le nom de ces monstres prenait toute sa dimension.

— Les Vorateurs ? C'est un truc de fou... Comment puis-je avoir eu affaire à ces bêtes sorties tout droit d'un livre de contes ?

Debout devant la vitre, partagé entre partir et ne pas aller aider Gorne, Nathan contemplait la douce lumière des réverbères plantés au milieu des trottoirs, en s'imaginant, là, dehors, à la merci des Vorateurs. Il se sentait bête tout à coup. Il avait sermonné ses amis sur l'utilité de leur choix. L'adrénaline de sa mésaventure d'aujourd'hui l'ayant quitté, il ne trouvait plus aussi important de se mettre au service de ce drôle de personnage de manga.

Le livre à la main, il se mit à faire des allers-retours à côté de son lit, en réfléchissant s'il devait partir ou non dans une nouvelle aventure cette nuit.

À vrai dire, il y avait infiniment plus de contre que de pour. Il se désola de faire faux bon à Gorne. Il leur avait épargné bien des ennuis. Il faisait un pas, il frottait les pages du livre, il faisait un autre pas et recommençait à jouer avec la tranche du bout des doigts. Les feuilles bruissaient. Un nouveau pas, et il recommençait à parcourir les quatre cents pages en une seconde pour répéter son geste encore et encore comme un défouloir lui permettant de mieux réfléchir.

Une légère odeur de bois brûlé chatouilla ses narines. Il baissa les yeux sur le livre, porta son pouce devant son nez pour constater que l'odeur de brûlé venait de son pouce. Il frotta de plus belle la tranche qui se froissa à nouveau pour former un fin filet de fumée. Comme si une cigarette était cachée à l'intérieur. Il ouvrit le livre en plein milieu pour libérer un plus gros nuage de fumée qui lui piqua le nez.

— J'hallucine ! s'extasia Nathan en voyant la porte de sa chambre s'ouvrir brutalement.

Éva entra comme si on l'avait poussée, puis claqua dans son dos la porte avec fracas. Elle était blanche comme un linge et muette comme une carpe. Ce n'était plus la petite Éva survoltée, mais une enfant apeurée.

Nathan plaça le livre dans son dos tout en clignant des yeux pour chasser la fumée qui l'avait incommodé.

— Éva, on avait dit que le soir tu ne rentrerais pas sans frapper. J'ai besoin d'être tranquille, tu comprends ?

La jeune fille avait un air bizarre, le visage tendu, les traits tirés, elle le regardait d'une façon inquiétante.

— Qu'est-ce que tu as ? Tu ne te sens pas bien ? Tu veux que j'appelle maman ? demanda son frère en posant le livre sur la commode pour l'attraper par les épaules.

Une énorme larme envahit l'œil droit de la jeune fille pour ensuite s'écouler le long de sa joue.

— Arrête, tu me fais peur, Éva. Qu'est-ce qui se passe ?

— Dehors... j'ai vu des chiens gigantesques fouiller les poubelles.

La description de sa sœur suffit à faire réagir au quart de tour Nathan qui fila aussi sec vers la fenêtre.

— Il n'y a rien, Éva. L'ombre des passants, peut-être !

— Je te dis que j'ai vu des énormes chiens manger dans les poubelles des voisins. Regarde vers le fond !

Nathan enleva la buée sur le carreau et colla son front sur la vitre pour inspecter les environs. Effectivement, il y avait bien une masse qui se déplaçait furtivement tout au bout de la rue derrière le muret du parc à poubelles. Pour Nathan, ce fut un choc. Il se coiffa machinalement les cheveux en arrière pour mieux réfléchir.

Les Vorateurs étaient à leurs portes ? Combien y avait-il de chance pour qu'ils reviennent dans le quartier ? La ville comptait quatre-vingt mille habitants. Pourquoi ici ? Si ces créatures étaient là, Gorne l'était peut-être aussi.

Il savait que cette idée était complètement dingue. Mais avant d'alerter tout le monde, il devait s'assurer que l'animal dehors était bien autre chose qu'un simple chien de bonne constitution. Le front contre le carreau, la respiration bloquée pour ne pas couvrir le verre de buée, il rechercha la bête errante qui semblait s'être volatilisée. Les trottoirs étaient déserts, les rues encombrées de voitures stationnées. La seule chose qui n'était pas à sa place était une grosse poubelle renversée sur la chaussée, qui vomissait son contenu en partie happé par les bourrasques.

Chapitre 15

Éva s'était assise sur le lit de son frère pour le laisser inspecter, à sa guise, le quartier qu'elle trouvait subitement très inquiétant. Elle se sentait plus détendue en sa compagnie et doutait de pouvoir retourner dans sa chambre s'il le lui demandait. Ce qu'elle appréciait le plus chez son frère, c'était son attachement à ne jamais mettre en doute les dires d'une personne en l'absence de preuves éloquentes. À ceci près, ce soir, pour une fois, son frère avait de très bonnes raisons de la croire.

L'air absent, Nathan s'installa à son tour sur son lit. Il la dévisagea presque malgré lui, comme s'il cherchait ses mots.

Éva priait silencieusement pour qu'il ne la chasse pas tout de suite, elle était incapable de retourner dans sa chambre et Nathan, qui la connaissait par cœur, le sentait bien. Il décida de lui dire la vérité, emballée dans un mensonge qui tiendrait la route.

— La nuit dernière quand je suis rentré en panique, c'était parce que j'ai aussi aperçu ces chiens rôder dans le quartier.

La jeune fille ouvrit de grands yeux en laissant la mâchoire inférieure tomber toute seule.

— Alors, on peut se faire attaquer ?

— Noooon ! la rassura-t-il de sa voix la plus joyeuse. Ils m'ont fait peur comme à toi, mais une fois à la maison je ne craignais plus rien. Pour autant, je dois t'avouer que jusqu'à ce matin, j'avais la flippe de sortir. Mais en allant cher Erwan, j'ai croisé un de nos voisins qui ramassait des crottes par terre. Il dit posséder des loups qu'il a apprivoisés. Ces animaux sont, d'après lui, très malins et ils leur arrivent de s'échapper pour chercher des restes de repas dans les poubelles. Ceux que tu as vus sont sûrement les siens, qui se sont encore fait la belle. Il est préférable de ne pas sortir. Tout comme toi, je n'aime pas trop ces bêtes. Mais de là à avoir peur dans la maison, c'est ridicule !

Il rit exagérément pour appuyer ses dires.

— Tu les vois trifouiller la serrure avec leurs griffes pour ouvrir la porte et faire nos poubelles de maison ?

— Ben oui ! répondit Éva avec aplomb.

— Non, sérieux, Éva... Je pense que tu peux aller te coucher et dormir sur tes deux oreilles. Il n'y aura aucune bête à venir te déranger cette nuit.

La jeune fille lui jeta des regards suppliants avant d'ajouter :

— Tu ne veux pas qu'on reste ensemble, juste ce soir ?

— Éva, demain il y a école. J'ai besoin de dormir.

— Je ne te dérangerai pas, promis ! insista la jeune fille en lui offrant son plus beau sourire. S'il te plaît… !

— Écoute, je veux bien qu'on laisse nos portes ouvertes, comme ça, tu sais que je suis juste là. Et quand Pa et Man monteront, tu leur demanderas de faire pareil. Ça te va ?

— Je ne sais pas trop ! lança-t-elle véritablement effrayée.

Nathan regarda machinalement sa montre en faisant de gros yeux : Vingt-et-une heures cinquante-neuf. C'était définitivement trop tard pour rejoindre Gorne.

— Il est tard, Éva, j'aimerais vraiment me reposer si tu…

Il y eut un grand BOUM provenant du rez-de-chaussée, qui le coupa net. Les deux enfants se dressèrent sur leurs jambes comme si le lit s'était transformé en brasier.

Nathan reconnut immédiatement le cri perçant de sa mère qui avait probablement eu très peur. Il tendit l'oreille pour tenter de comprendre les paroles de son père qui demandait à Guénola de se calmer.

— Les chiens ! s'exclama la jeune fille, mortifiée.

— Le vent, Éva, le vent peut parfois être assez violent pour faire claquer un volet ou une porte, tu sais.

Sa sœur le regardait avec ses grands yeux bleus complètement écarquillés.

— Reste là, je vais voir ce qui s'est passé !

Sans attendre son approbation, Nathan sortit sur la pointe des pieds. Il se planta en haut des escaliers avant de héler le prénom de sa mère et de demander :

—… Qu'est-ce qui s'est passé ?

Comme ses parents ne répondaient pas, il s'engagea sur les premières marches avant de répéter sa question sans plus de résultat.

Un vent froid et violent s'infiltrait dans la maison. Il avait raison, le vent avait ouvert brutalement la porte d'entrée.

Sa mère était restée dans le salon, il l'entrapercevait debout derrière le canapé. La télévision, toujours allumée sur une série de publicité, avait simplement couvert sa voix. Elle était d'apparence plus curieuse qu'inquiète.

Quant à son père, il se trouvait dans le couloir, proche de l'entrée de la cuisine. Il ne le voyait pas depuis sa position, mais il l'entendait rouspéter.

Stéphane était à la fois surpris, désemparé, en colère et sur la défensive. Il regardait incrédule les milliers de fragments de verre répandus dans le couloir avec un trou béant sur la rue.

La porte vitrée avait été littéralement soufflée. De la porte, il ne restait que les contours dentelés. Il était certain que ce n'était pas la seule faute du vent. Mais alors, qui et pourquoi se demanda Stéphane en osant s'approcher d'un peu plus près.

Nathan tentait de faire taire son sixième sens qui lui criait danger. Comme un spectateur impuissant, il suivait des yeux sa mère qui faisait le tour du canapé pour rejoindre son père.

— Alors ? s'écria celle-ci.

— Ne viens pas, il y a plein de verre par terre !

— Qui a fait ça ? voulut savoir Guénola en sortant du séjour.

— Aucune idée ! avoua son mari. C'est quand même du verre de sécurité. Il ne faut pas y aller de main morte pour exploser un tel pavé !

Il marcha en chaussons sur les éclats de verre et se figea en voyant apparaître dans l'encadrement un animal à quatre pattes à l'imposante carrure. La bête l'observait avec ses yeux injectés de sang.

Il allait crier de peur, mais se mordit les lèvres pour ne pas énerver l'animal sauvage qui se présentait devant lui.

— Bon sang ! t'es quoi, toi ! ? parvint-il à articuler.

La bête s'avança tranquillement à la lumière en grondant, la gueule fermée.

— Tout doux, le chien ! annonça-t-il en reculant lentement.

Nathan se glaça sur place. Il avait bien entendu chien ? Les talons de son père apparaissaient derrière le plafond bas de la cage d'escalier.

— Gwen, appelle la police ! s'écria tout à coup Stéphane de sa voix la plus douce. Puis, il s'adressa à la créature qui n'aimait guère l'entendre parler :

— Tu as perdu ton maître ?

Guénola venait d'arriver dans le couloir pour comprendre ce qui préoccupait son mari.

— Oh, purée ! c'est quoi ?

— Chérie… recule derrière le mur et appelle la police…

Cette fois, Stéphane avait parlé avec une pointe d'agacement.

Guénola était du genre têtue, pourtant, elle réagit au quart de tour.

Nathan n'eut pas très longtemps à attendre avant de découvrir que ses pires craintes étaient sur le point de se réaliser.

Ses parents pourraient confondre l'animal avec une sorte de loup croisé avec un lion, mais Nathan n'avait aucun doute. Cette énorme bête était un Vorateur. Et pour la première fois, il put voir à quoi ressemblait vraiment cette espèce alien autrement que dans la lumière tamisée des égouts. C'était une sorte de loup-garou couvert de poils noirs luisants. Erwan avait raison, ces choses s'apparentaient beaucoup aux lycantes. Celui qu'il entrevoyait devait peser dans les cent cinquante à deux cent cinquante kilos. Il avait une crinière semblable à celle du lion qui contrastait avec sa gueule plus allongée. Un croisement entre un félin et un canidé, impossible. Pourtant, il était bien là devant son père qui faisait de gros efforts pour ne pas partir en courant.

Lorsque l'animal émit un ronronnement, Stéphane eut l'impression que le son provenait d'un caisson de basse monté à fond. Il sentit ses poils se hérisser sur sa peau, ses cheveux se dresser, ses jambes sur le point de le laisser tomber. Il lâcha un pet qui dans une autre circonstance l'aurait bien amusé. Sa gorge devint curieusement sèche et ses yeux le brûlaient à force de les garder grands ouverts pour suivre les mouvements de la bête.

Derrière l'intrus, Stéphane vit entrer deux autres spécimens, en tout point similaire. Ils étaient aussi massifs et peut-être encore plus terrifiants.

— Des Vorateurs, chez moi ! murmura l'enfant.

Sa voix n'avait émis qu'un léger souffle, tout juste plus fort qu'une respiration. Pourtant, l'ouïe fine des créatures l'entendit puisque le plus proche tourna sa gueule dans sa direction.

— Je n'ai pas le téléphone ! chuchota Guénola depuis le séjour. Il est resté dans la salle de bains.

Nathan manqua de s'étouffer en sentant la main d'Éva se poser sur son épaule.

— Retourne dans la chambre, Éva ! souffla sévèrement son frère.

Ces Vorateurs n'avaient pas grand-chose à voir avec ceux qu'il avait fuis avec ses amis dans la journée. Ils étaient de nature identique, certes, mais ils progressaient d'une tout autre façon. Leurs gestes étaient volontairement lents, leurs trois yeux transpiraient l'intelligence, plus calculateurs, ils étaient à la fois cruels et perspicaces.

Une autre chose les différenciait : le fait de ne pas mordre sans raison. Ils ne semblaient pas s'intéresser à ses parents vêtus de pyjamas en soie.

Au nombre provisoire de trois, les Vorateurs envahirent le hall d'entrée. Deux se placèrent face à ses parents et le premier venu s'orienta paisiblement vers les escaliers.

Pour les avoir vus à l'œuvre en démolissant une porte en métal, Nathan savait que rien dans sa maison ne le protégerait d'eux. Son cerveau tournait à plein régime alors que son père prenait lentement conscience du danger qui menaçait sa famille.

— Ce sont des Vorateurs, Pa ! expliqua Nathan en mesurant ses mots et la puissance de sa voix. Ils sont à la recherche de plastique... ou de... moi, comprit-il soudain en fronçant les sourcils.

Stéphane tentait d'analyser les paroles de son fils sans oser bouger une paupière. Les monstres faisaient cliqueter leurs griffes sur le parquet couvert de verre brisé. Une patte après l'autre, sans cesser de grogner et de rugir, le Vorateur au pelage noir d'encre se plaça devant les escaliers.

Nathan fit machine arrière en tirant sa sœur dans son sillage, qui ne l'avait pas écouté lorsqu'il lui avait demandé de retourner dans sa chambre. L'animal, sûrement le chef de la bande, s'engagea sur les marches qui protestèrent sous le poids de ses pattes imposantes. Un objet vola dans sa direction. C'était une chaise lancée à pleine vitesse par Guénola. L'un des pieds heurta la rambarde avant que le dossier ne s'écrase sur le crâne de l'animal. Le Vorateur releva un peu plus les babines en foudroyant des yeux l'imprudente qui continuait de lui hurler dessus.

— Touche à un cheveu de mes gosses et je te bouffe ! rugit la mère sous les yeux extatiques de son mari, qui venait de rentrer la tête dans les épaules en voyant les deux autres prédateurs s'approcher dangereusement de lui.

Stéphane était à moins d'un mètre du plus proche. Comme un avertissement, celui-ci dévoila deux séries de dents acérées ruisselantes de bave avant de grogner sinistrement. Le rugissement d'un lion serait passé pour un miaulement en comparaison. Stéphane s'entendit hurler de l'intérieur, mais aucun son ne sortit de sa bouche. Il se contenta de grimacer quand l'odeur de charogne lui chatouilla les narines.

Sa femme ne paraissait pas avoir conscience du danger ou bien était-elle devenue suicidaire ?

— Viens prendre ta claque ! le provoqua-t-elle malgré les gros yeux de son mari. Nathan, prends ta sœur et enfermez-vous dans ta chambre !

Son fils, qui avait déjà fui les escaliers, doutait que la porte en carton soit d'une réelle efficacité face à de telles créatures. Malgré tout, il s'exécuta promptement en poussant Éva devant lui.

Avant que sa sœur n'ait le temps de voir à quoi ressemblaient les créatures, Nathan avait claqué la porte dans son dos pour la pousser encore une fois vers le fond de la pièce.

— ET TOI ! s'énerva la mère en lui jetant un coussin prit sur le canapé. VIENS PAR ICI QUE JE TE MONTRE DE QUEL BOIS JE ME CHAUFFE !

— Chérie... Tu es sûre de ce que tu fais ? lui demanda Stéphane en reculant encore d'un pas.

Nathan n'était pas plus avancé que son père et sa mère. Ô Gorne lui avait appris que ces créatures n'avaient pas toujours été comme ça, qu'avant de devenir des monstres sauvages et puissants, elles étaient comme les humains, à peu de chose près. Mais, face à elles, pour l'instant, tout cela n'était d'aucune utilité pour les affronter. En l'absence d'une meilleure idée, il ferma à double tour, puis avec sa sœur utilisèrent le grand lit pour bloquer l'entrée.

Chapitre 16

Les enfants Paters s'étaient réfugiés à l'étage. Leur seul rempart face aux monstres qui s'étaient invités chez eux était une porte en carton de cinq centimètres d'épaisseur et un lit moderne en Formica.

Encore du plastique, pensa le garçon.

— Nathan, ce sont les chiens que j'ai vus dans la rue ?

— Si tu veux tout savoir, Éva, ce n'est pas vraiment des chiens mais plutôt des Vorateurs !

— Des Vorateurs ? C'est une espèce de loups comme ceux du voisin qui cherchent à manger dans nos poubelles, c'est ça ?

Nathan n'avait pas le cœur à mentir à sa sœur, même pour une bonne cause. Il préféra garder le silence pour tendre l'oreille. Il devina la présence de la créature derrière la porte. La gâche émettait de petits bruits sinistres alors que la partie plane se déformait sous les yeux épouvantés des enfants.

— Aide-moi à maintenir le lit contre la porte ! chuchota-t-il.

Gorne lui avait demandé de ne rien dire à personne au sujet de ces créatures, sauf que là il était en danger.

N'avait-il pas intérêt à appeler au moins la police comme voulait le faire son père ? Il chercha des yeux son vieux portable à la vitre brisée. La vie de sa famille passait avant sa promesse. Il avait assez de preuves pour les déranger. Mais que pouvait-il leur dire pour qu'ils le croient au premier coup de fil ? Certainement pas qu'ils étaient envahis par des Vorateurs venus d'un autre monde pour becqueter le plastique terrien... Tout à coup, cette explication lui parut complètement farfelue. Gorne s'était joué de leur naïveté ? Mais alors, que cherchaient-ils vraiment dans son monde si ce n'était pas du plastique ?

— Le livre ! ? prononça-t-il tout bas.

C'est du grand n'importe quoi ! Je deviens fou ou alors je suis dans un cauchemar et je vais bientôt me réveiller ! pensa-t-il en regardant sa sœur pleurer en silence.

Puis la voix de leur mère transperça les murs et le plafond. Un hurlement terrifiant précéda un : « C'est quoi ça ? ».

La porte de sa chambre fut éventrée et arrachée de ses gongs pour se répandre sur le lit.

Éva hurla à son tour un long et un interminable Aaaaaaaaaaaa en voyant le monstre surgir. Il était aussi large que le passage de la porte. Le Vorateur posa d'abord ses pattes sur le lit, puis se cambra pour passer tout le reste de son corps en arrachant une partie de la cloison avec sa croupe.

Nathan se rua vers la commode pour prendre à deux mains le mystérieux livre. Il l'ouvrit à la va-vite cherchant le passage avec le jeune Léo qui avait affronté ces monstres à l'aide d'une baguette magique. Peut-être y avait-il un conseil, une phrase, un sortilège capable de terrasser ces affreuses bêtes ? Pourquoi avait-il retiré le bout de papier ?

Tout en tournant les pages, il pria pour que Gorne vienne rapidement les sauver comme la dernière fois. Il pria pour que ses parents n'aient rien de grave. Si seulement il avait eu une baguette magique. Il trouva la page concernée et ses yeux se posèrent sur une série de mots qu'il avait déjà lus :

« Léo brandissait sa baguette magique pour tenir à distance les immondes créatures qui l'encerclaient... »

Il allait sauter une page pour comprendre comme cela allait finir quand il fut ébloui par un flash jaune qui illumina tout le quartier. Éva cria en se cachant les yeux avec les mains. Durant une fraction de seconde, ils se seraient crus en pleine journée, face à un soleil d'été. Le monstre lui-même parut surpris puisqu'il tourna la tête vers la fenêtre. À peine le flash eut-il disparu qu'une violente pluie frappa les carreaux, puis, subitement, la grêle s'en mêla. Le climat était devenu totalement fou.

— Ouah ! lâcha Nathan en poussant Éva contre le mur pour la protéger.

Quatre éclairs simultanés déchirèrent la nuit. Des alarmes de voitures se mirent à sonner, les lumières des appartements voisins clignotèrent et, d'un coup, une nuit d'encre enveloppa tout le quartier. Nathan se posta devant sa sœur, quand ils furent à leur tour plongés dans le noir.

Les vitres de la fenêtre explosèrent tout comme celles de la porte d'entrée quelques minutes plus tôt. Il y eut des grognements féroces, suivis de bruits de bagarres. Le mobilier semblait être mis à mal.

Nathan entendit la voix de sa mère leur crier des paroles sans queue ni tête, puis ce fut au tour de son père de répéter plus fort les mêmes phrases avec le souffle court.

— Nathan ! cria une fois encore Guénola. Rejoins le sanctuaire des Astres et attends la venue de Gilb. Protège ta sœur.

— Trouve le sanctuaire des Astres, Nathan ! reprit Stéphane.

Les enfants ne parvenaient à voir que des silhouettes se déplacer d'un côté puis de l'autre. Guénola cria de rage, Stéphane de douleur et, soudain, Nathan reconnut la voix de Gorne qui lui disait de placer le livre contre son cœur.

Le garçon s'exécuta sans réfléchir tout en tenant la main fragile de sa sœur qui pleurait à chaudes larmes.

Pendant quelques secondes ce fut la cacophonie, puis un silence mortel plana dans la chambre.

Nathan sentait toujours la petite main tremblante d'Éva.

— Que s'est-il passé ? demanda la jeune fille. Ils sont partis ?

— Chuuuuuuut ! souffla son frère en tendant l'oreille.

— J'ai peur, Nathan ! pleurnicha celle-ci.

— Moi aussi, Éva, mais tais-toi, s'il te plaît.

Il plissa les yeux, histoire de mieux voir dans la pénombre et fut contraint de fermer les paupières pour espérer améliorer ses autres sens.

Le silence était aussi impressionnant que les grognements des Vorateurs devenus aphones.

Il resta muet plusieurs minutes, appréciant le courage d'Éva, qui en fit autant en serrant sa main dans la sienne.

Plongés dans l'obscurité la plus totale, ils mirent un bon moment avant d'oser faire un pas en avant.

Nathan s'était instinctivement placé devant Éva et n'osait pas tendre la main devant lui, de peur de se faire mordre par le Vorateur qui était peut-être aussi tapi dans l'ombre à attendre qu'ils viennent à lui.

Le sol était envahi de débris qu'il leur fallait parfois enjamber pour ne pas tomber. Cela roulait constamment sous leurs chaussures. S'ils n'avaient pas été dans sa chambre, ils auraient pu croire qu'ils marchaient sur des galets en bord de mer. Une brise légèrement chaude leur fouettait le visage à mesure qu'ils avançaient.

Improbable. Irréel et si perceptible.

Sa sœur, en chaussons, se plaignait à voix basse.

— Il n'y a plus de lit ! constata-t-il, stupéfait.

— On marche dessus, non ?

— Je ne pense pas ! contra le garçon en osant tendre le bras.

Il tira sa sœur dans son dos et fit quelques pas de plus pour rejoindre la porte de sa chambre. Il connaissait par cœur la taille de la pièce, il aurait déjà dû toucher le mur. Or, il n'y en avait pas ou plus…

— Je crois qu'on n'est plus chez nous ! analysa le garçon.

— Ce n'est pas possible ! rétorqua la jeune fille.

— GORNE ! ? héla Nathan à demi-voix. Gorne, vous êtes là ?

— C'est qui Gorne ? demanda Éva en soulevant exagérément les pieds pour ne pas s'accrocher dans les multiples obstacles qui se dressaient sur leur passage.

— Je t'expliquerai plus tard.

La main de Nathan toucha enfin quelque chose de dur et de chaud. Le relief était granuleux, piquant, irrégulier.

— Un arbre ? s'esclaffa-t-il avant de se figer sur place.

— Je suis en train de rêver, Nathan ? demanda la jeune fille, incrédule.

— J'aimerais bien, Éva, mais je crois qu'on a atterri dans un autre monde…

— C’est possible, ça ?

— J’n’en sais rien ! reconnut le garçon. C’est seulement la deuxième fois aujourd’hui.

— Tu es déjà venu ici ?

— J’en sais rien j’te dis. La seule chose que j’peux te dire, c’est que ce matin j’ai atterri dans un autre monde. Je crois qu’on va devoir attendre que le soleil se lève pour le savoir.

— Je veux rentrer à la maison ! protesta la jeune fille.

— Moi aussi, Éva.

— Tu crois qu’il est arrivé malheur à papa et maman ?

— J’n’espère pas !

— Qu’est-ce que maman voulait dire tout à l’heure avec le sanctuaire des Astres et Gilb ?

— Je n’en ai aucune idée, Éva. Si tu ne l’avais pas répété, j’aurais cru l’avoir inventé. Demain matin, quand il fera jour, et j’espère qu’il fera jour dans ce foutu monde, nous tenterons de savoir où se trouve le sanctuaire des Astres et nous demanderons des explications à ce fameux Gilb, que Man et Pa connaissent, puisque Gorne ne compte pas se montrer.

Chapitre 17

Éva et Nathan s'étaient blottis l'un contre l'autre pour s'adosser à ce qui leur apparut comme étant le tronc d'un arbre. Ils avaient passé plusieurs heures ainsi, redoutant d'être attaqués par les Vorateurs qui, comme eux, s'étaient peut-être retrouvés ici après la manifestation magique qui avait plongé la ville tout entière dans le noir.

— J'ai peur qu'ils nous retrouvent ! chuchota la jeune fille.

— Je pense que nous ne craignons rien, Éva. Si nous n'y voyons rien, eux non plus...

— Mais ils peuvent nous entendre ?

— Je ne crois pas qu'ils soient ici, Éva. Quelque chose me dit que nous avons été sauvés par une entité magique.

— Tu crois qu'il va faire jour ?

— Je commence à en douter. Si seulement j'avais mon portable avec moi, nous aurions pu utiliser la lampe pour explorer les environs.

— J'ai ma lampe frontale dans ma poche, si tu veux ! annonça celle-ci.

— T'es sérieuse ?

— Bah oui, je la garde toujours sur moi ! révéla-t-elle en la lui donnant dans la main.

Nathan se débarrassa de son livre en le glissant sous son pull-over, puis enfila l'élastique autour de son front sans oser appuyer sur le bouton de mise en marche.

— T'as pas peur qu'on nous voie ? demanda Éva.

— Si, un peu, mais… je crois qu'au point où nous en sommes, il va falloir faire avec… Lève les yeux, Éva.

Sa sœur ne se le fit pas dire deux fois et leva le nez vers le ciel.

— Je ne vois que des étoiles ?

— Effectivement, cela signifie que nous n'avons pas perdu la vue, et si nous voyons la même chose, c'est qu'on n'a pas perdu la tête non plus.

— D'aaaaaccccooooorrrrd ! fit Éva, troublée.

— Tu ne trouves rien d'étrange ?

— Euh ! il fait nuit, il y a des milliards d'étoiles…

— Tu ne trouves pas qu'on les voit vachement bien ?

— Maintenant que tu le dis, c'est vrai que je ne les avais jamais observées de cette manière. Elles semblent… plus proches, mais…

— Ça y est, tu y es ! apprécia Nathan.

— Ce sont des lunes ?

— Des satellites, plus exactement !

— Il y a des gens dedans ?

— Un satellite n'est pas nécessairement une station spatiale, Éva. Toujours était-il qu'on n'est pas sur Terre, donc on ne peut pas dire que ce sont des lunes non plus.

— Et alors, c'est grave ? coupa la jeune fille.

— Partant de ce principe, je me demande si ça fait comme au Groenland.

— Il se passe quoi au Groenland ?

— Eh bien, en hiver, le soleil ne se lève pas ou seulement quelques heures. On pourrait bien attendre longtemps avant de voir le jour se lever par ici.

— D'accord, vas-y ! consentit la jeune fille. Je veux voir ce qui nous entoure.

Nathan alluma la lampe qui créa aussitôt une auréole concentrique mordorée dans un brouillard extrêmement dense. Ce n'était qu'une toute petite lumière artificielle qui n'éclairait pas grand-chose, mais pour les enfants qui venaient de passer plus de six heures dans le noir, c'était comme recouvrer la vue. Il balaya le faisceau tout autour d'eux et fut rassuré de n'y voir aucun prédateur sur le point de leur tomber dessus.

Comme la lampe n'était pas assez puissante pour percer l'obscurité, Nathan se leva en grommelant. Son corps était tout courbaturé et ankylosé. Il s'étira un peu tout en éclairant à ses pieds. Il fut fasciné par les galets sur lesquels ils marchaient. C'était comme s'ils étaient au beau milieu d'une immense plage sans la mer. De plus, ces drôles de cailloux formaient de parfaites sphères couvertes de paillettes multicolores qui scintillaient et dansaient au gré des faisceaux de la torche frontale. Il se tourna vers l'arbre qui leur avait servi de mur pour s'adosser. Le tronc était immense et si haut qu'il n'en voyait pas les branches, si large qu'il n'en voyait pas les contours. Il aurait aimé prendre du recul pour contempler ce gigantesque végétal ligneux, mais sa lampe ne pouvait pas accomplir un tel exploit.

Il fit quelques pas dans un sens, puis dans l'autre. Il n'y avait rien à part l'arbre, sa sœur et lui. Pas la moindre touffe d'herbes ou le moindre arbuste perceptible dans cet océan de galets, curieusement ronds, au premier contact. Aucune structure humaine, aucun chant d'oiseaux ou de cri d'animaux, rien qu'un long et pénible silence oppressant.

— Je suppose que nous sommes dans un monde de géant ! lança-t-il avant d'oser s'éloigner de la seule présence de vie un peu réconfortante. Si nous marchons un peu, nous devrions trouver un autre arbre de la même taille, en partant du principe que nous sommes dans une forêt géante.

— Je te suis ! l'encouragea Éva.

Ils marchèrent une bonne dizaine de minutes avant de s'arrêter.

— Alors ? fit-elle.

— Tu me croiras ou non, mais je crois qu'on est coincés dans une sorte d'antichambre.

— Ça veut dire quoi ?

— Tu sens le froid.

— Oui, je te rappelle que je suis en pyjama.

— Pardon, Éva... En fait, j'ai remarqué que plus on s'éloigne de l'arbre, plus il fait froid. Il vaut mieux revenir sur nos pas.

— Qu'est-ce qui t'inquiète ?

— J'n'sais pas trop... J'ai le sentiment qu'au-delà d'une certaine limite nous allons tomber dans une sorte de vide. Pas sûr que ce soit bon pour nos affaires. Mais il y a un truc qui me perturbe.

— Quoi encore commença à paniquer Éva ?

— J'ai un vague souvenir d'une histoire qui parlait d'un endroit comme celui-là.

— Dans tes jeux avec tes copains ?

— Non, peut-être dans un film ou…

— Dans un livre ? suggéra Éva.

Nathan se raidit avant d'extirper le roman intitulé *Les Légendes de Gorne.*

— Ce n'est pas le livre que tu m'as lu tout à l'heure, ça ?

— Si !

— Il a quoi de spécial ? Tu voulais affronter les monstres avec ?

— Depuis le début, tout tourne autour de cet ouvrage, Éva. Les créatures qui sont venues chez nous, elles sont aussi là-dedans… Si je te disais que les monstres qui nous ont attaqués à la maison sont aussi dans ce bouquin.

— Je suis impatiente de me réveiller ! fit sa sœur. Je commence à en avoir marre de ce rêve.

Nathan feuilleta le roman et trouva un glossaire à la fin. Il le parcourut rapidement jusqu'à trouver ce qu'il cherchait.

— Alors ? Tu sais comment on rentre ?

— Oui et non… Il est fait mention d'un arbre capable de relier tous les univers entre eux. En fonction des peuples qui connaissent son existence, il appelle l'arbre monde, l'arbre de vie, le cœur céleste. Chez les humains, il le nomme Atlas.

— Atlas ! Ce n’est pas ce géant qui porte le monde sur son dos ?

— En gros, si !

— Ils disent comment on s’en sert ?

Nathan ne répondit pas de suite.

— Hallucinant !

— Quoi encore ! s’énerva la jeune fille à bout de nerfs et de fatigue.

— Le Gilb dont parlait maman est un semeur d’étoiles dans le roman. Il aurait disparu et les mondes ne naissent plus depuis.

Quelque chose tomba non loin d’Éva. La pauvre fille sursauta en criant :

— Qu’est-ce que c’est encore ? J’en peux plus, Nathan. Je veux rentrer chez nous !

— On va rentrer, Éva, il faut juste comprendre comment tout ça fonctionne.

Il se dirigea vers l’objet qui était tombé du ciel. Ce n’était qu’un galet de plus qui s’entassa sur les autres.

— Noooooon ! s’exclama-t-il soudain. Trop ouf !

Sa sœur lui lança un regard contrarié.

— Éva, les galets sur lesquels on marche depuis le début… Ce sont en fait les fruits d’Atlas. Ce sont des graines d’étoiles, autrement dit : de futurs mondes.

— Ça nous avance à quoi de savoir ça ? se fâcha la jeune fille. Moi ce que je veux, c'est retrouver papa et maman en vie !

— Éva, tu ne réalises pas ! Nous sommes en présence du faiseur de monde.

— Dieu ! coupa la jeune fille.

— Parfaitement. Nous sommes en présence de Dieu.

— Dieu est un arbre ? s'apostropha la fillette.

— Les hommes ont toujours cru que Dieu était à leur image ! annonça une voix perdue dans la pénombre.

— Qui est là ? sursauta Nathan en braquant le faisceau lumineux de sa lampe frontale devant lui.

Une espèce d'ours aux longs poils se tenait devant les enfants. Eva hurla, et Nathan en aurait de même s'il n'avait pas reconnu la créature.

— Calme-toi, Éva, je te présente Gorne !

— Le mage des *Légendes de Gorne* ?

— Celui-là même !

— Comment tu sais que c'est lui ?

— Pour ça, tu peux me faire confiance, sœurette… Gorne, je suis heureux que vous nous ayez retrouvés. Les Vorateurs ont déboulé chez nous puis, pour une raison que j'ignore, j'ai atterri ici avec ma sœur. Le truc c'est qu'on est coincés depuis plusieurs heures et je n'vois pas comment retourner chez nous.

— Je suis au courant, c'est moi qui vous ai conduits ici. Nous sommes dans l'antichambre de l'univers ! précisa la créature.

— Pourquoi ? s'irrita Éva.

— Bonjour, Éva. Je t'ai apporté ça.

Il lui tendit un gros sac à dos en ignorant sa question.

— C'est pour quoi faire ?

— Je crois que pour la suite de votre voyage, tu seras mieux avec des vêtements d'aventurière qu'en pyjama. Ne penses-tu pas ?

Éva ouvrit le sac et, sous la lampe frontale, sortit des affaires roulées en boule.

— Ce n'est pas à moi ! protesta la jeune fille.

— Qu'est-ce qui nous attend ? reprit Nathan. Vous n'êtes pas là pour nous ramener chez nous, c'est ça ?

— Pas possible ! répondit la créature magique. Vos parents ainsi que les Vorateurs qui vous ont attaqués sont coincés dans une boucle temporelle. Tant que vous ne retournez pas sur la Terre, ils ne risquent rien.

— Mais alors quoi ? On est condamnés à vivre ici ! demanda Éva sur un ton de reproche.

— Vous devez trouver Gilb. Lui seul peut ramener les Vorateurs chez eux.

— Vous ne pouvez pas les exterminer avec vos pouvoirs pendant qu'ils sont figés ?

— Nathan, tu me déçois beaucoup !

— Pardon, c'est juste que…

— Pour sortir d'ici, vous devrez faire confiance à la chance et prendre l'une des graines d'étoiles pour ouvrir un passage sur un monde où pourrait se trouver Gilb.

— Pardon, Gorne, mais vous nous demandez de fouiller des milliards de planètes pour retrouver le semeur d'étoiles, c'est ça ?

— Je vois que tu progresses vite ! se félicita le génie en applaudissant. J'ai bien fait de te choisir.

— Mais il nous faudra peut-être toute une vie pour le trouver, et encore avec un max de chance.

— C'est ça ! s'égaya Gorne. Avec de la chance, vous trouverez le monde dans lequel Gilb s'est abandonné. Mais rappelez-vous que les êtres célestes cultivent la patience et l'empathie.

Avant que les enfants ne protestent, Gorne fixé par le halo de la torche s'éclipsa comme par enchantement.

— Il… il est parti ?

— On dirait bien ! affirma le garçon.

— Il se moque de nous ? demanda-t-elle cette fois en écarquillant les yeux de stupeur. Qu'est-ce qu'il a voulu dire ? C'est qui les êtres célestes ?

— Les arbres sont des êtres célestes, Éva. Si j'ai bien tout compris, pour réussir notre mission il nous faudra faire preuve de douceur et de patience.

— Je veux rentrer moi ! exigea sa sœur, excédée.

— Moi aussi, Éva, moi aussi…

Dictionnaire

Aphone : Qui n'a plus de voix.
Imposte : Partie fixe ou mobile située au-dessus des battants d'une porte ou d'une fenêtre.
Longeron : Poutre, pièce d'un châssis disposée dans le sens de la longueur.
Meneau : Montant, traverse en pierre, en bois ou en fer, qui divise l'ouverture d'une fenêtre (en forme de croix).
Ouvrant : Partie d'un ouvrage de menuiserie que l'on peut ouvrir (porte).
Selfie : Photo de sa propre personne, généralement prise avec un téléphone portable.
Solive : Pièce de charpente horizontale dont les extrémités sont encastrées dans les murs et sur laquelle s'appuient les poutres secondaires.
Tertre : Petit monticule de terre.

Glossaire

Atlas : Dans *Les Légendes de Gorne*, on apprend qu'Atlas n'est pas un homme, mais un arbre gigantesque. Suivant les cultures, il porte d'autres noms comme : l'arbre monde, l'arbre de vie, le cœur céleste.

Chloé : Amie d'enfance de Nathan. Elle a douze ans et les cheveux roux.

Erwan : Ami de Nathan, âgé de onze ans, il vient de rentrer au collège. Il est féru de jeux de plateaux.

Gamborion : Dans *Les Légendes de Gorne*, il est un sorcier puissant qui vit dans un monde féerique. Léo, le héros d'une des histoires de Gorne, aurait trouvé sa baguette magique.

Gilb : C'est un semeur d'étoiles qui utilise les fruits de l'arbre de vie pour donner naissance à de nouvelles planètes.

Gorne : Génie qui apparaît souvent sous la forme de créatures étranges ou dans la peau d'un animal plus connu. Il peut se présenter sous différentes apparences : chat, lion terrifiant ou même éléphant. Gorne est surtout un mage puissant qui vient d'un autre monde. Il œuvre généralement pour le bien. Ou plutôt, il pousse les autres à accomplir des actes glorieux. Dans

Les Légendes de Gorne, on découvre qu'il a participé à rétablir la paix dans les guerres humaines les plus meurtrières.
Guénola : Maman de Nathan et Éva.
Nathan : Grand frère d'Éva, il va rentrer en sixième. Il est amoureux de Chloé qui a un an de plus que lui. Vêtu d'un pantalon en jeans et d'une veste demi-saison marron.
Stéphane : Père de Nathan et Éva.
Tchac troc prouc : C'est le monde de Gorne.
Timéo : Ami de Nathan, il va rentrer en sixième quand une d'histoire improbable de créatures féroces modifie le temps. Plutôt téméraire devant les autres à cause de sa carrure, il a en réalité peur de beaucoup de choses.
Vorateurs : Ce sont des bêtes qui ressemblent à des lycantes (une sorte de loups-garous), mais avec des comportements et des traits morphologiques similaires au lion. Pour la plupart, ils sont couverts d'un long pelage noir et possèdent trois yeux dont un au milieu du front capable de regarder dans une direction différente des deux autres.